[日]谷川俊太郎 —— 著

田原 —— 编译

谷川
的诗

Shuntarou Tanikawa

谷川俊太郎
诗歌 总集

江苏凤凰文艺出版社

JIANGSU PHOENIX LITERATURE AND
ART PUBLISHING

自序

谷川俊太郎

从 18 岁起，我用日语写被称作诗的东西已经有 70 年。诗该如何去写，诗对人类有帮助吗？光写诗能养活家人吗？怀着种种疑问和烦恼，只是高中毕业，就决定不上大学，也没领过工资，总是不断地对写诗感到疑惑的我，幸而受惠于读者，还在靠着一支笔生活。

这 70 年间世界变化巨大。我自己也随着年岁的增长，无论是生活也好，诗歌写作也罢，都一直在发生变化。并且，我开始觉得，诗除了表现诗人自我的内心世界，也应该追求与读者这一他者共享感动。有人曾问我写诗时设想的读者年龄段，我当时回答"从 0 岁到 100 岁"，这不是开玩笑，而是我一贯地想要通过诗歌来拓宽、深化日语可能性的一种愿望，有必要的话，我还会写脱离诗这一形态的——譬如诗化的歌词、绘本的文本这类作品。

我的第一本诗集《二十亿光年的孤独》出版于 1952 年，当时我 21 岁。那时人们对宇宙大小的认知是 20 亿光年，现在由于测量技术的进化已经扩展到了 137 亿光年。但与此无关，时至今日，《二十亿光年的孤独》似乎仍被年轻的读者广泛阅读。有了社交媒体，诗歌传播的手段跨越国境逐渐多样化，但与科学技术不同，诗歌发生变化并不意味着注定要进化到一个新层面。

我也一直重复着对自己诗歌的文体感到厌倦、进而追求新鲜文体的这一过程。时至今天，我还在尝试写一首与以往文体不同的诗。能欣然享受写诗的意趣，年老的我也为此深感喜悦。

2020 年 4 月　于东京

（译：刘沐旸）

目　录

《小鸟在天空消失的日子》_ 三丽鸥出版社 1974 年

《夜晚，我想在厨房与你交谈》_ 青土社 1975 年

《关于诗》_ 思潮社 2015 年

《谷川俊太郎诗选集》_ 集英社 2016 年

《普通人》_ 株式会社开关出版社 2019 年

未被收入诗集的作品

谷川俊太郎　儿童诗

谷川俊太郎　総集

春天

在可爱的郊外电车沿线
有一幢幢乐陶陶的白屋
有一条诱人散步的小路

无人乘坐，也无人下车
田间的小站
在可爱的郊外电车沿线
然而
我还看见了养老院的烟囱

多云的三月天空下
电车放慢了速度
我让瞬间的宿命论
换上梅花的馨香

在可爱的郊外电车沿线
除了春天禁止入内

《二十亿光年的孤独》 创元社 1952 年

Shuntarou Tanikawa

在听得见蓝天的涛声的地方

我似乎失落了

某个意想不到的东西

在透明的昔日车站

站到遗失物品认领处前

我竟格外悲伤

悲
伤

Shuntarou Tanikawa

石斧之类

在玻璃对面寂静无声

星座三番两次地旋转

无数的我们消灭

无数的我们出现

而后

彗星像要无数次碰撞一起

很多盘子被打碎

爱斯基摩犬走动在南极

高大的坟墓被修建在东西方

诗集也被奉上多次

最近

有时摧毁原子

有时总统的女儿唱歌

那些种种事情

从那时就有

石斧之类

在玻璃对面无聊地寂静无声

二十亿光年的孤独

人类在小小的球体上
睡觉起床然后工作
有时很想拥有火星上的朋友

火星人在小小的球体上
做些什么，我不知道
（或许啰哩哩、起噜噜、哈啦啦着吗）[1]
但有时也很想拥有地球上的朋友
那可是千真万确的事

万有引力
是相互吸引孤独的力

宇宙正在倾斜
所以大家渴望相识

宇宙渐渐膨胀
所以大家都感到不安

向着二十亿光年的孤独
我情不自禁地打了个喷嚏

1　诗人想象的火星人语言。意为：或许睡觉、起床、劳动。

Shuntarou Tanikawa

天降落下来
厚厚的帷幕之上有无数星星的迹象

最大的规律
我听见它在哭泣

月亮被诽谤
云朵缄默不语

天空和土地的气息
是我们全部的气息
可是，我们
真的知道自己的处境吗？

天空变得丑陋
树木和青蛙仿佛憎恨着谁

诸神为人类疲倦
我听见神让机器取代人类的声音

时间是玻璃的碎片
而
空间已被丧失

今夜，我带着黑暗翅膀
为了弄清一切有关本质性的问题

黑暗翅膀

Shuntarou Tanikawa

所有的情感和长了青苔的寂静时间
正在你的脑中沉淀
忍受着眼睛深处的两千年之重
你的嘴被天大的秘密封紧

你没有哭，没有笑，也没有恼怒
原因是
因为你不断地哭笑和恼怒着

你没有思考，也没有感受
可是
你不断吸收然后将其永久地沉淀

从地球直接诞生，你是人类以前的人类
正因为缺少神的叹息
你才能为美丽的朴素和健康而自豪
你才能够蕴藏起宇宙

陶
俑

Shuntarou Tanikawa

瓦

"冻结的声音

映照着云开始流淌

越过山峦想唱一支悠长的歌

像木管乐器

人们在街道暗自撒下无数的眼神"

牧童

"倦怠的日子正是我的日子

等待才是我的工作

犹如恢复期我在季节的床上撒娇

在人类之外我梦见了自己的坟墓"

夕阳

"晒干的东西以人的形状舞动

鸟像沉甸甸的叶片飘扬

小贩的药物没有售完

我记忆着一千年前"

擦皮鞋者

"明晃晃的椅子、懂事的孩子和冷饮

我隐隐约约地记得在何处"

Shuntarou Tanikawa

光
"我来回巡访无数的星星们

星星们像算式一样嘟嘟囔囔

不知道什么也不知道

我在真空里修筑道路

但我也有无法涉足之地

在不知名的空间

我算计着自己的生命

然后感到恐惧"

河流
"又死人了

小时候我学习鹿、杉树和石灰石

现在我学习人

我的眼泪注入大海

然后白色轮船从海上驶过"

云雀
"在看不见的马的辽阔牧场

远方挂起了红白色帷幕

那里有一位暗暗祝福云雾霭霭的天空

和野草的指挥家"

墓

"简直就是谁意愿的图案

骨头们静默着怨恨的眼神

在洁白的骨头之上

散发着灵魂气息的风吹过

曾经有过的空论

向着灭亡的痛苦追忆

但它们也会丧失

残留下的东西才是愚蠢的

我对着苔藓牢骚满腹

我把手伸向宇宙

我预感自己的一生

我想无止境地回归

嫩叶的影子在一瞬间晃动"

科长

"绿色的树荫骑着漂亮的自行车

蓝色平静的日常性

今天在孩子们的身上也熠熠生辉

宛如沙发似的满足支撑着我"

病人

"树木之日、泥土之日、手之日、味道之日

影子之日、天空之日、道路之日、天空之日……"

少年

"永恒对于灵魂该是何等的倦怠啊

而且又是何等的恐怖

行星的某个时期和那小小的幸福

一个大脑和它美丽随意的形状

还有

一颗心和它可爱的尺寸

我回答不出它们的丰富

人们一边怀疑一边满足着倒下

智慧存在于每一个瞬间

复返的初夏轮回而至

我初次遇见夏天"

三岁

于我没有过去

五岁

我的过去到昨天为止

七岁

我的过去到发髻为止

十一岁

我的过去到恐龙为止

十四岁

我的过去如教科书所写

十六岁

我诚惶诚恐凝视过去的无限

十八岁

我对时间一无所知

奈郎

夏天就要来临

你的舌头

你的眼睛

你午间的睡姿

此刻清楚地在我的眼前复活

你只感受过两个夏天

我已经知晓十八个夏天

且又想起自己还有跟自己无关的各种夏天

拉菲特之家的夏天

淀的夏天

威廉斯堡大桥的夏天

奥兰的夏天

然后我思考

人到底能感受多少回夏天

奈郎

夏天就要来临

但这不是你在的夏天

是另外的夏天

是完全不同的夏天

新的夏天来临

然后我会渐渐知晓很多新的事物

美的事物　丑的事物　仿佛让我精神振奋

和悲伤的事物

于是我质问

到底是什么

到底是为什么

到底该怎么做

奈郎

你死了

像不让任何人知道一样独自去了远方

你的声音

你的感触

甚至你的心情

此刻清楚地在我的眼前复活

可是奈郎

夏天就要来临

崭新而又无限宽广的夏天就要来临

而且

我还会走去

迎接新的夏天　迎接秋天　迎接冬天
迎接春　期待更新的夏天
为了知晓一切新的事物
而且
为了回答自己的所有提问

梦

夜晚
古老的记忆
编织着我的梦

于是梦坠入深渊

很久
雨下个不停

在小小的挫折里
我寻找简单的语言

1950.4.23

《十八岁》 集英社文库 1997 年

地球在那里消失了

上下的蓝无限……

我瞬间重新武装

更感到活着的艰难

1950.4.23

合唱

遥远的国度传来物体的破碎声
成千上万四射的对话
终日折磨我

繁忙的时间
无情的空间

我对桌子上的英日词典
感到莫名的愤怒

我想真实地感受
地球柔软的味道

那个下午
未来被简单的数学公式预言

于是那个下午
合唱这个词奇妙地迷惑了我

1950.4.21

无论如何喜悦驻足今天

带着年轻太阳的心

在连餐桌、枪

和神都不知道之时

树荫让人的心回归

拥抱今天的谨慎

只是向着这里

向着人们伫立的地方

阅读天空

歌唱云朵

只是祈祷念念有词之时

我忘记了

我无限记忆的东西

凝视太阳，也凝视树木

《62首十四行诗》　创元社 1953年

我不让语言休息

有时语言自己感到害臊

在我内部试图死去

那时我爱着

在缄默的事物中

只有人类喋喋不休

而且太阳树木还有云

都觉察不到自己的美貌

快速的飞机以人类热情的形态飞去

蓝天摆出一副背景似的表情

实际上空空如也

我试着小声呼唤

世界不予回答

我的语言和小鸟的叫声没有区别

Shuntarou Tanikawa

坐在被世界准备好的椅子上

我突然消失

我大声呼唤

于是留下的只有语言

上帝将谎言的颜料泼向天空

像要模仿天空的颜色

绘画和人都已死掉

只有树向着天空昂扬

我想在祭祀中证明

只要我继续歌唱

幸福就会来丈量我的身长

我诵读的时间之书

一切都写了其实什么也没写

我追根究底地质问昨天

凝望天空湛蓝的时候

我感觉自己仿佛有了归宿

但穿过云层的明亮

已不会再返回天空

太阳奢侈地不断扔着

到了晚上我们还忙着捡

人都是卑微的诞生

也没有树一样富饶的休息

窗户剪下溢出的东西

我不想要宇宙之外的房间

因此我与人不和

存在就是伤害空间和时间

然后痛楚反而责备我

我离去了，我的健康就会恢复吧

有谁知道
我在爱中的死亡
为再次掠夺世界的爱
还是去培育带有温柔的欲望吧

盯着人看时
生命的风采让我回归世界
年轻的树和人的容姿
有时在我心中变得完全相同

巨大的沉默不曾为心命名
就触摸着人们紧闭的口
攫取我所知道的一切

可当时我也是那个沉默
于是我也像树一样
掠夺着世界的爱

即使在亲近的风景中

也很难理解世界的富饶

比起久违之物的行踪

我更想知道此刻的一切

不久灭亡之物的真挚姿态

使我产生素朴的想法

唯有在亲近的此刻

我的想法才不会被死亡阻拦

而天空与太阳的静寂中

被持续掠夺的此刻的痛楚

猛然间使我恐惧

可我回到世界中

离别之日是一天吧

我回到这样的世界中

因为世界爱我

（用残酷的方式，有时

也用温柔的方式）

我可以永远地独善其身

一个人第一次被赋予我时

我听到的也只是世界的声音

对于我只有单纯的悲伤和喜悦

因为我一直属于世界

向着天空、树木和人

我投掷自己

为了不久让世界变得丰富多彩

……我呼唤人

于是，世界回过头

然后我消失

在无人的邻屋
仿佛有人在呼唤着我

我急忙开门
这里很暗
那里却阳光灿然
好像刚刚有人走了
影子眼前一晃
可我一追，已无踪影
变成理所当然的傍晚

《关于爱》 东京创元社 1955 年

花瓶上落满尘埃
打开窗，天空明亮
那里仿佛也有人呼唤着我……

季节在陌生的地方奔跑

我听到的只是风声

遗失的东西在我心中发出回音

不停地报告着远近

穿过我过多的情感

世界是一张晴空般的地图

人无居所

最终我也成了流放者

……我是在替谁看家呢

窗外常春藤的影子落在我的额头

变成我的假卷发

阳光把我装扮成年轻的上帝

我并不期待谁的归来

此刻我细心倾听风声

想知道季节跑去的地方

等待着把回声放归世界

等待着世界把高山和峡谷收回

鸟无法给天空命名

鸟只是在天空飞翔

鸟无法给虫子命名

鸟只是啄食虫子

鸟无法给爱情命名

鸟只是成对地活下去

鸟谙熟歌声

所以鸟觉察不到世界

突如其来的枪声

小小的铅弹使鸟和世界分离

也使鸟和人联结一起

于是人类的弥天大谎在鸟儿中变得谦恭与真实

人类瞬间笃信着鸟

但即便在此时人类都不会相信天空

因此人类不知道与鸟和天空和自己联结一起的谎言

人类总是被无知留下

不久在死亡中为了天空蜕变成鸟

才终于认清巨大的谎言，才终于发觉谎言的真实

鸟无法给活着命名

鸟只是飞来飞去

鸟无法为死亡命名

鸟只是变得无法动弹

天空只是永恒宽广

一闭上眼世界便远远离去
只有你的温柔之重永远在试探着我……

沉默化作静夜
如约降临于我们
它此刻不是障碍
而是萦绕我们温柔的遥远
因此我们意想不到地　合而为一……

用比说和看更确切的方式
我们互相寻找
然后在迷失了自己的时候
我们找到了彼此

我究竟想确认什么呢
远道而归的柔情啊
失去了语言　被净化的沉默中
你此刻只是呼吸着

"此刻　你　就是我的生命……"
可连这句话都已成罪过
温柔终于盈满世界
在我为活在温柔中而倒下时

我是被凝视的我

我是令人怀疑的我

我是让人回首的我

我是被迷失的我

但我不是爱

我是逃奔到心中的肉体

是不知道大地的脚

是无法扔掉心的手

是被心凝视的眼

但我不是爱

我是太阳滚过的正午

是被导演的一场戏

是被命名的闺房话

是司空见惯的黑暗

但我不是爱

我是看不见的悲伤

是充满渴望的欢愉

是选择被结合的一个人

是幸福之外的不幸

Shuntarou Tanikawa

但我不是爱

我是最温柔的目光
我是多余的理解
我是勃起的阳具
我是不断的憧憬
但我决不是爱

无题

我厌倦了

我厌倦了　我的肉体

我厌倦了　茶碗旗帜人行道鸽子

我厌倦了　柔软的长发

我厌倦了　早晨的幻术和夜晚的幻术

我厌倦了　我的心

我厌倦了

我厌倦了　无数毁坏的桥

我厌倦了　蓝天皮肤的娇嫩

我厌倦了　枪声蹄音劣酒

我厌倦了　洁白的衬衫和肮脏的衬衫

我厌倦了　拙劣的诗和绝妙的诗

我厌倦了　小狗跌倒

我厌倦了　每日的太阳

我厌倦了　竖立着的红色信箱

我厌倦了　恐吓者的黑胡须

我厌倦了　初夏背光的田间小路

我厌倦了　日换星移

Shuntarou Tanikawa

我厌倦了　我的爱
我厌倦了　故乡的茅草屋

我厌倦了

牧歌

为了太阳

为了天空

我想唱一支牧歌

为了人类

为了土地

我想唱一支牧歌

为了正午

为了深夜

我想唱一支牧歌

在不知名的小树下止步

倾听虻的振翅之声

在太阳照不到的小巷深处

我想凝视站着撒尿的孩子

为了歌唱　为了歌唱

我常常想沉默不语

我不想再成为诗人

因为我对世界正充满渴望

像虻和蝴蝶

我想用我的翅膀歌唱

Shuntarou Tanikawa

像满身污垢的孩子
我想用我的小便歌唱

不知是哪一天
为了忘却全部的牧歌
我想用我的死亡歌唱
正像为了记忆一切
我真的像陷入了沉默的
今天一样

梦才是我谎言的最后堡垒

在许多的天空出入

而我是哨兵

把天空全部串起

绿色的血请为我们流淌吧

呼唤者一边造访每一颗心

一边骑上蜻蜓

从风的舌下逃走

而我是哨兵

不由得因疲乏打起如雷的鼾声

进攻者永远是懦弱的

啊——吊桥已锈蚀得无法动弹

而我是哨兵

将日日夜夜挥剑的声音

悄悄埋葬在后面的田里

梦才是我谎言的最后堡垒

在所有的歌声都停息时

我是哨兵

在与寂静的对刺中

死去吧

Shuntarou Tanikawa

人把自己围起来
是因为空间太可怕
时间太可悲

于是人们安心地想
那里有取代无限空间的白墙
有取代无限空间的软床

但窗户和门扉是必要的
门扉为了亲密的朋友
窗户为了美丽的夏日

白天,外面也有蓝天和云墙
有原野和街道的睡床
可是晚上人把自己关起来

人常这样念叨:"房间很温馨"
房间忠实地让人住在亲密的坐标
春夏秋冬,直到某一天的死——

关于人和以后的事我不知道
没有人,房间
就会渐渐像宇宙

Shuntarou Tanikawa

黄昏是一部大书
书里写着全部
开始与终结
写在无始无终的页码

为什么在黎明会有冻死者
枯树以后又会怎么样

淡忘的小道上，铺路石的影子长长
过去的车夫们的声音低低
夕阳仿佛从被抛下的高度
已失去消毒的力量
开始羡慕秋色的街灯

孩子啊　孩子
那大钟表吃掉的点心该怎么办
从没赶得上的商店我踉跄而出
难道要虚无地数着收在帽子里
光的货币吗

降下旗帜败北一日
旗帜无忧无虑地在空中酣睡

Shuntarou Tanikawa

洋行的主人以不知怀疑的神态

让丝毫不动的马车嘎吱嘎吱作响

浮雕的影子一时很浓

青嫩的常春藤知晓明天

但夕阳却不在门扉上落下尘埃

不在的人都去了哪里

市郊的墓地灵魂遍地

所有的室内面孔拥挤

夕阳啊　你忘却清晨的履历

现在只在人们的脊背上投射温暖

等待着许多的皮影戏被投向天空的夜晚

为了逃奔，夜晚被等待

听着远处港口的动静

我携着拐杖和帽子和枯叶

沿着条条小路

宛如一幅奇妙的铜版画……

我走向我的谎言

我从我的谎言中回归

当沉默将我和谎言隔离时

枕头太硬，我彻夜无眠

当花朵来追逐我的谎言时

我责难我的谎言

当爱背对我的谎言时

我带着自己的小阳具徘徊不止

我让静默的夜空在心中蔓延

那里面我喂养着一匹金鱼

若有谁说"你好"我会将金鱼杀死

我回到我的谎言

我从我的谎言中走出

带着工整的一册笔记

和留在昨夜眼眶里的泪水

堂堂正正地穿过人行道

我的语言——之二

活着

活着

六月的百合花让我活着

死去的鱼让我活着

被雨淋湿的幼犬

和那天的晚霞让我活着

活着

无法忘却的记忆让我活着

死神让我活着

活着

猛然回首的一张脸让我活着

爱是盲目的蛇

是扭结的脐带

是生锈的锁

是幼犬的脚脖

《绘本》的场书房 1956年

Shuntarou Tanikawa

手
它抚摸
女人的臀部
手
它拨弄
少年的头发

手
它握紧
榔头
朋友的手
手
它抓着
短刀
生命的裙摆

手
它殴打
父亲的面颊
手
它抚摩
陶砚

手
它创造
它摧毁
它攫取
手
它给予
它勒索
手
它放弃
它打开
手
它关闭
手

无止境地做着什么
又无止境地无所事事

手
它是徒劳的指示
像夏天的叶片繁茂葱茏

手
它就那么张开着枯萎

少年把小狗关进笼子

少年把镇石压在笼子上

少年哭了

蝉声聒噪不止

　　女孩的室内冷飕飕的

　　我们盖上了数条毛毯

　　女孩的身体散发着干草味儿

　　黄昏　飘起了雨夹雪

少年在河岸窥望着笼子

小狗摇晃着小小的尾巴

太阳灼热似火

　　在微暗的室内

　　我们大汗淋漓

　　不久便一声不响地睡去

少年闭着眼将笼子扔进河里

然后一边哭着跑去

　　我们睁开眼时

Shuntarou Tanikawa

外面已漆黑一团

即使到了夜晚
少年也不停地哭泣

天空

天空能宽广到何时
天空能宽广到何地
我们活着的时候
天空为什么忍受着自己的碧蓝

我们死去的世界
天空还那么宽广吗
它的下面华尔兹舞曲还在奏响吗
它的下面诗人还会怀疑天空的碧蓝吗

今天的孩子们忙于玩耍
猜拳的小拳头数千次划向天空
跳绳的圈儿又不断测量着天空

天空为什么对一切保持沉默
为什么不说你们别玩了
又为什么不说你们玩吧

蓝天不会枯竭吗
即使在我们死去的世界
如果真的不会枯竭
不枯竭的话

Shuntarou Tanikawa

蓝天为什么沉默呢

我们活着的时候
在大街在乡村在海边
天空为什么
独自由白天转入黑夜

姐姐
是谁要到阁楼来

是我们来了

姐姐
是什么成熟在楼梯上

是我们在成熟　弟弟啊
我和你和父亲和母亲
外面干旱
我们在劳动

是谁在吃
餐桌上的面包

是我们在吃啊
用手指撕着

那么
是谁在啜饮
姐姐的血

那是你不认识的人
个子高　声音好……

　姐姐姐姐
　你在农具房做什么

念咒
为了不让我们大家死去
我与那个人念了咒语

　然后

然后
我的乳房胀大
为了另一个的我们

　那是谁

那是我　那是你
那是父亲母亲

　还有谁要来

在夜晚祈祷时

谁也
　　不在风向标上

谁也
　　不在街道的沙尘对面

　　傍晚　　井口旁
我们都在

在你美丽的长颈项上

我想装饰四季

花的颜色天的颜色雪的颜色

为了使你的肤肌永远欢愉

在你深邃温暖的胸怀里

我想装饰大海

有时黯淡有时明亮

我溺水又被救起

在你有弹性的脚脖上

我想装饰风

急于活着

为了不使回忆中的你疲惫

在你像短剑一样的唇上

我什么都不想装饰

因为那是为我而备的有效武器

应该用我的血来装饰

在你瞠目而视的双眸里

我想装饰月亮和太阳

《爱的思想》 实业之日本社 1957 年

为了我们的白昼和夜晚

我想装饰世界莫大的诱惑

然后你的心

和你温情的肉体

互相装饰

因为总有一天它们会相同

在与你的我接吻时

你的心永远能够听见我的心

帕基德 和波柯尼拉 [2]

六岁的时候　已经

睡在了一起

她的胸和他的胸一样平坦

但俩人却像山药的根缠绕一起

眼睫毛也互相交叉

俩人的欢喜

像小小的青草莓一样被露水濡湿

心像风日中的独木舟在天空滑翔

帕基德送给他小小的恋人

红贝壳

和用自己牙齿制作的项链

然后俩人互相逮着

彼此头上的虱子吃

波柯尼拉温柔地温柔地

嚼着虱子

太阳

慢慢转动着椰子的

影子

1　Bronisfaw Kasper Malinowski（1884—1942），英国著名人类文化学者。著有《西太平洋的远航者》等。这首诗因此书而所得。

2　帕基德和波柯尼拉是该书里所记述的两个人名。

帕基德和波柯尼拉

六岁时已经

睡在了一起

波柯尼拉不知道自己的年龄

因为她还不会数数

但她

会数了

（帕基德你狡猾的蛇，若是舔了我

帕基德和波柯尼拉就会变成一个

太阳会回到我腹中

帕基德你强悍的枪，若是刺了我

帕基德和波柯尼拉就会变成一个）

于是俩人在海滩

挖着小坑玩儿

悲伤

悲伤

是正在削皮的苹果

不是比喻

不是诗歌

只是存在于此

正在削皮的苹果

悲伤

只是存在于此

昨天的晚报

只是存在于此

只是存在于此

温热的乳房

只是存在于此

的黄昏

悲伤

脱离语言

背离心

只是存在于此

今天所有的一切

《给你》　东京创元社 1960 年

把我　翻过来

耕播我内心的田地

干涸我内心的井

把我翻过来

洗涤我的内心

也许会发现美丽的珍珠

把我　翻过来

我的内心是海

是夜

是遥远的征途

还是聚乙烯塑料袋呢

把我翻过来

我心灵的深处有什么正在发育

是仙人掌熟透的荒野吗

是早产的独角兽的幼崽吗

是未被制成小提琴的栃木吗

把我翻过来

让风吹拂我的内心

让我的梦想感冒

把我翻过来

让我的观念风化

Shuntarou Tanikawa

翻过来

把我　翻过来

掩藏起我的皮肤

我的额头冻伤

我的眼睛因羞耻而充血

我的双唇厌倦了接吻

翻过来

把我　翻过来

让我的内心膜拜太阳

让我的胃和胰脏摊在草坪上

让紫血色的阴暗蒸发

把蓝天填入我的肺脏

任我的输精管扭结在一起

任黑色的种马踏烂成泥

将我的心脏和脑髓用白木筷子

喂给我的恋人吃

翻过来

把我　翻过来

把我内心的语言

吐出来　快

让我内心的管弦乐四重奏

鸣响

让我内心的老鸟们

飞翔

把我内心的爱

在黑暗的赌场赌掉吧

翻过来把我翻过来

我将内心谎言的珍珠给你

翻过来把我翻过来

不要去触摸我内心的沉默

让我走

走出我之外

向着那树荫

向着那女人身上

向着那沙丘

黄昏

是谁吹灭了灯盏
黄昏
用那娴静温柔的手
将天空遍体爱抚

恋人们知晓
两个人欲望的消失
孩子们也懂得
他们歌声的消失

然而，我不知道

是谁吹灭了灯盏
黄昏
不是我的父亲
也不是我的爱人
不是风也不是回忆

是谁吹灭了灯盏
黄昏
我渴求夜晚和
我憎恶夜晚的时候
是谁吹灭了灯盏

Shuntarou Tanikawa

相爱的两个人

默默相拥

爱总是比爱的语言

更小　偶尔

也正因为过大

相爱的两个人

为了准确和细致地

相爱

默默相拥

只要保持沉默

蓝天是朋友

小石子也是朋友

房间的尘埃

粘在光着的脚底板

弄脏床单

夜晚慢慢地

让一切都变得无名

天空无名

房间无名

世界无名

蹲着的两个人无名

一切都是无名存在的兄弟

只有神

因为它最初的名字之重

像壁虎一样

吧嗒

掉落在两人之间

看着你被太阳晒黑的裸背

我做了个梦

看着你那双泪汪汪笃信无疑的双眸

我做了个梦

看着你哼着一支小小的歌谣

和你的睡容

我做了个梦

我梦见古老的村庄

一如往昔宽敞的宅院

那扎根宅院的老榆树

和那树上永不改变的蓝天

我梦见

我朝气蓬勃的儿子

你太年幼的孙子们

以及我们的死

我梦见

我枉然地梦见

明天朴素的晚餐

和许多活着的人

与这个世界被创造时相同
光突然沉重地照在人们的肩上

活着
是如此简单

一齐开始鸣叫的蝉
像刚学唱的合唱团

人们活过的七月
人们活着的七月……

骤雨冲掉化妆之后
幸福和不幸的面孔一模一样

Shuntarou Tanikawa

脸

沙漠是世界的额头

树木是世界的头发

天空是世界的瞳孔

山是鼻子，火是嘴唇

大海是世界的面颊

世界是一张脸

我失明的眼变成两颗黑痣

我冻结的心变成小小的耳环

世界是一张

可怕的微笑的脸

Shuntarou Tanikawa

八月

王之王
他不在
啊　美丽的夏天哟

血之血
不为任何人流淌
啊　美丽的夏天哟

少女一丝不挂
马儿跃过蔷薇
啊　美丽的夏天哟

谁? 是谁?
为死而歌，以河之声
啊　美丽的夏天哟

彼此成为彼此的提问

无法抵达答案

不久，我们的语言

便溺死在每个人的心之井

世界有问题时

回答的只有我

我有问题时

回答的只有世界

诗终究是血

在寂寥中，星星不停地旋转

对话在只有我一个人的心中

永久地沉默

无奈地成熟

Shuntarou Tanikawa

还是沉默为好

如果语言

忘却了

一颗小石子的沉默

如果惯用的舌头

将那沉默的

友情和敌意

混淆

还是沉默为好

如果在一个词里

看不到战斗

如果祭祀中

听不到死亡

还是沉默为好

如果语言

不向超越语言的东西

奉献自己

如果不常常为更深的静寂

歌唱

Shuntarou Tanikawa

沉默啊

我的朋友

隐藏在赤裸的脚底板

和春泥之间

把心

从语言撕扯下

　　　　　　*

聋哑的

蓝天与飞石

是母子

杜鹃被许可

模仿着

它们的歌儿

　　　　　　*

闭口不语

首先想

我是诗人

呼喊就是召回之物

只有谩骂是唤回的东西

带着愤恨的瞳孔

你

沉默的它们

*

——致 John Lewis

你

在声音和声音之间

等待

那么漫长的世纪

一位女人的面孔

在此浮现

她隆起的腹部遮挡在衣褶里

观看着

碧蓝的水

*

——致战死者

在你的心脏里

蠕动的蛆们

悄悄弄出做爱之声

整整一晚

豹崽

闹腾不休

*

在罐头盒盖上

绘出工笔画

祖父的皱纹

是故乡的峡谷

女儿的发丝

是无数被解开的地平线

*

连墙壁

也像果实一样

成熟起来

约定一日

水罐和爱抚的手指以及死者的遗照

只有沉默的它们

才继续守候——

*

在桌子上

我放下

剪刀

水壶

小纸盒

在桌子上

我搁置

语言

与所有沉默的它们一起

语言啊

只存在于此

决不要

吭声

      *

睡着的妻子

隆起的腹部

现在离我最近

从此开始

在柔和的配景画法里

我搁下无数熟悉的物件

奶瓶

果实

坚固的路和小屋

水边的森林

闪电

还有

拥抱它们的

长长的地平线……

       *

钟摆

是缢死的尸体

和熟透的葡萄

显示它们沉重的摇晃

大地的娇媚

酿造沉默

那是惊人的

丰饶

       *

随微风飘动的

是小兔子的

柔毛

它作为语言

对总是沉默的他

启齿

我啊

嘴唇

生来就有一道裂璺

   ★

走向

语言

在这

熙熙攘攘之中，我

凝视你

触摸你

进入你

朝向

只是两个人的沉默

我跳跃

我失明

我开始

有灌满水的
壶
吃了一半粥的
木勺
以及果酒
还有支撑它们
沉重的饭桌

男人
身披粗布衣
端坐着
他有粗壮的胳膊
和坚硬的胡须
眼睛盯着
还有些黯淡的
野外

女人
有丰满的乳房
和卷起的发丝
温暖的小手
搭在男人的肩上

孩子

在圆圆的额头上

沾了泥巴

仿佛惊惶地

转向这边

老人们 / 在挂在墙上 / 照片里的日历中并列

安详地等待

像熊一样的狗

在门口打哈欠

简朴的祭坛

灯光闪闪

夜晚静静地

抵达黎明

1

看一个女人
从她硕大凉帽的影子望向这边

看女人背后的灯台树
看那棵树干上的一个个瘤

飞跑而去的是孩子的自行车
跌落下来的是喷泉

看不肯停止的一切
那被砸毁的铜像

以及脚下的蚂蚁
和蚂蚁运走蚂蚁的尸体

看伸过来的手
和从树缝间落在那手上的阳光

看被打开的卡片
看我辉煌的胜利

2

看一个女人
那是我的祖母

看早就灭绝的爬行动物
那巨大明澈的眼睛

看海中渐渐下沉的帆船
和在海潮中漂荡的三角帆

看整齐列队的士兵
和他们歌唱的骸骨

看被耕播过的石丘
看被烧毁的同一座石丘

看充血的脸颊
和被敞开的肉体

在祭典的喧闹中
看美杜莎的脖颈

3

看一个女人
她曾是我的恋人

正在摇晃的天平上
有跳动的心脏

报童高声叫卖
响彻大街小巷

看无法捕捉到的东西
看世界无数的面孔

变色的底片
追赶马的火车噗噗鸣笛

被大头针钉起来的各类天使
被举起的马丁尼酒杯

旋转的唱片
看唱片上的微微伤迹

4

看一个女人
那是我的妻子

看她慢慢溢出的泪水
看被挤出的半透明乳汁

看宽厚的脊背
和裂开的脱脂棉

看饱满的果实
和那果实幼稚的素描

看看过的一切
看不想再看那些东西的自己

被擦得发亮的走廊
像蛇一样逃窜

看淋浴的热水出口
和突然靠近的唇

5

看一个女人
那是我的女儿

看她长得像问号的肚脐
看被她耳垂上绒毛捕捉到的徒劳的光

看白色睡袍皱褶间
走不到尽头的黎明

看从黎明中渗出的血
和被拒绝的痊愈

看月亮上厚厚的尘埃
和干涸的湖

看向天空昂起的宽阔额头
和被扔掉的小石块般的爱情

看优雅的愁容上
不允许看的东西

6

看一个女人
看我的母亲

看像玻璃窗外的天空
一样湛蓝的空壶

打开的乐谱
和照出和音的烛光

断掉的珍珠项链
和自来水管垂下的冰柱

看被教鞭惩罚的孩子
和擦不净的黑板

看从很多的诗句中
溢出来的海水

看在黑夜里哭喊的父亲
看诞生的我

7

看一个女人
那是我自己

看脸上重叠的脸
看被隐藏在肉体里的道路

看在内心深处焊接一起的印象
看没完没了的戏谑

看宽大的旧床上
永远印着温暖的屁股铸型

在岩石间的散步道上
被忘却的一条热毛巾

看从未翻开过的书
看洁亮无人的厨房

看有点脏的毛毯影子
看丧魂落魄的巫女

胡子

长胡子

长胡子男人的下巴上嘴唇边长胡子与黎明一起长出来

像陌生的植物嫩芽般生长出胡子为女人柔嫩的面颊而

长胡子与达利[1]一起长胡子疯长胡子向着太阳长出来的

男人们

然而

到了该刮胡子的早晨刮胡子一边留意公交车的时间一边

刮胡子刮胡刀是吉列刮胡子惧怕女人爱抚刮胡子一边流

血一边刮胡子

从鬓角到下颚

死鱼从镜子中渐渐滑落

刮胡子

刮过胡子的脸是蓝色的海刮胡子是为了戛纳[2]的社交界

刮胡子是为了摩纳哥的无聊刮胡子把胡子刮得像高尔夫

球场的草坪刮胡子的实习军官刮胡子的骗子刮胡子的寡

妇刮胡子的市民

不行!

应该蓄起胡子

1　达利（Salvador Dali，1904—1989），西班牙画家。善于将潜意识之下捕捉的幻觉
和欲望等通过画面客观、写实地创造出异想天开的世界，是超现实主义运动的一位
划时代画家。

2　戛纳（Cannes），法国东南部的海滨城市，临地中海，为旅游胜地。

像德克萨斯州的仙人掌一样

应该蓄起胡子像卡斯特罗[1]一样应该蓄起胡子像林肯一样
蓄起胡子寻求自由蓄起胡子寻求非议蓄起胡子为女人们蓄
起胡子蓄起狮子的兄弟胡须蓄起令人怀念的地狱的钟馗的
胡子自然地十分自然地蓄起胡子然后进行演说的男人们

1　卡斯特罗（F.A.Castro，1926—2016）古巴第一任最高领导人，被誉为"古巴国父"。1959 年推翻独裁政权，领导古巴革命成功。

Shuntarou Tanikawa

这里很冷

这里很冷啊　迈尔斯[1]

虽然我有妻儿　迈尔斯

这里很冷

你是冷酷无情的黑人　迈尔斯

别把我当成雕像扔下

别对我们的文明弃而不顾

这里很冷　迈尔斯　而且

你冷酷无情

你厚厚的嘴唇咳嗽出的语言是冷漠的

比任何一幅陈列在纽约画廊的

抽象画都要冷漠

比法国时装模特贪婪的吻还要冷漠

啊　是多么摩登的生活

这里很冷

尽管我有股票有汽车有别墅

这里很冷啊

你是冷酷无情的黑人　迈尔斯

尽管我有巴赫和伦勃朗

你还是用桃红色的血侮辱我们

1　美国黑人歌手。

Shuntarou Tanikawa

用白色的手掌悄然扇我们的耳光

你从小鼓[1]的子宫中诞生

在布鲁斯蓝色运河的河底长大

在哈莱姆的妓院里独自用扑克牌占卦

然后一直凝视我

这里很冷啊

你柔和的弱音器已经足够了

代替宠物来吹奏我吧　迈尔斯

用你的气息温暖我　润湿我吧

我会把我从头到脚一身名牌的女人丢在电梯里

请在你黑色的新地图上记入我的阁楼吧

你是冷酷无情的黑人　迈尔斯

我要对你施加私刑

这里不再寒冷

我什么都有!

1　指古巴的民间乐器小鼓。

Shuntarou Tanikawa

大人的时间

孩子过了一周

会增加一周的伶俐

孩子一周内

能记住五十个新词

孩子在一周之间

可以改变自己

然而大人过了一周

却还是老样子

大人在一周之间

只翻同一本周刊杂志

一周的时间

大人只会训斥孩子

《九十九首讽刺诗》　朝日新闻社 1964 年

Shuntarou Tanikawa

死

在明白死因时
死并不会解释

在抓到犯人时
死也不会赔偿

死
就是死

死会突然来临
没有任何解释

秋天的阳光闪耀在那个死之上
同样没有任何解释

Shuntarou Tanikawa

是谁杀害？
无名的士兵
在看不见的边境上

是谁制造？
冷酷血腥的枪
用爱抚过孩子的手

是谁决定？
对与不对
以冠冕堂皇的口吻

人人都在寻找着那个谁
自己以外的人——

是谁……

Shuntarou Tanikawa

照片

拍照片
拍恋人的照片
拍婴孩的照片

拍照片
拍基地的照片
拍绝密的照片

拍照片
拍月亮的照片
拍火星的照片

拍不成照片的
是人的心

Shuntarou Tanikawa

事件

出事啦

记者报道

评论家分析

好事之徒批判

毫无干系者兴奋

所有的人都在谈论

然而只有死者缄口——

不久好事者就忘了

评论家记者忘了

所有的人忘了

忘了这事件

也忘了死

然而遗忘却成不了事件

Shuntarou Tanikawa

盗
窃

能盗窃名誉
却无法盗窃自豪

能盗窃语言
却无法盗窃诗歌

能盗窃家
却无法盗窃蓝天

能盗窃衣服
却无法盗窃裸体

能盗窃帝王
却无法盗窃自己

任何色情的电影里

相爱的夫妇不可能存在猥亵

爱如果是人类的

猥亵也是人类的

劳伦斯、米勒、罗丹

毕加索、歌麿、万叶集的歌人们

他们害怕过猥亵吗?

电影不是猥亵

我们本来就是淫秽的

热情、温柔、勇猛

而且如此丑陋、如此羞涩

我们是猥亵

每日每夜都在猥亵

不管怎么说就是猥亵

孩子仍是一个希望
即使在这扭曲的时代

孩子仍是一种欢喜
甚至在所有的恐惧中

孩子还是一位天使
不相信任何神

孩子还是我们的理由
活着的理由赌上死的理由

孩子仍是一个孩子
哪怕在石头的臂弯里

Shuntarou Tanikawa

敌人是谁?

敌人是人

同伙是谁?

同伙是人

杀的是谁?

杀的是人

被杀的是谁?

被杀的是人

人是谁

人就是人

猴子和宇宙人之间的不和谐!

大
小

小的战争是不得已
为了防止大的战争

小的不自由是不得已
为了守护大的自由

一个人的死是不得已
为了防止千人的死

千人的死也是不得已
为了保卫一个国家

大能兼小
量能兼质

Shuntarou Tanikawa

最后

最后说话的
不是人的口
不是语言

最后说话的
是人的手指
扣动扳机的手指

为保住性命
可以成为哑巴聋子瞎子瘸子
有点阳痿也无妨

笑到最后的
是谁?

Shuntarou Tanikawa

有一块渐渐磨损的石头
被风吹雨打
过了一万年
仍然没有完全化为无

有一束穿行宇宙的光
在仙女座遥远的彼岸
过了十万年
还是没有抵达

忽然吹来的一阵风
倏然间让茶色玻璃嗡响
然后
消失

有一个常常思考的男子
一任女人爱抚
不论年龄多大
仍是懵然无知

有一具被射中的小鸟尸体
没被人发现
在枯叶上
静静地腐烂

未发表诗篇（1961—1964）《谷川俊太郎诗集》 思潮社 1965年

水的轮回

1

有苔藓

有心

向着永远

时间是无限的

2

滴水

滴滴答答地持续着

随着水滴

去来世

3

对洞凿

凿着洞

好色的手指

看不见

Shuntarou Tanikawa

4

萎靡不振之间

之间

再之间

鬼与

蛇也都没有出现

5

邋里邋遢的脚底板踏踩着大地的衣裳

6

闷在地下水里的呻吟是汲水杆

蹦跳飞溅无法抵达来世

来世来世请给我水

在水的争斗中流出的血

漏掉积存淤积渗出

是谁在获取的水田里

是水神群集

是水滴盈聚

还是泪流满面的农民起义

流淌的泪水是无望的

有和没有过的事情在水中流逝

今天是值得庆贺的水祭 ¹

浇过水的白旗 ²

紧紧怀抱流产的婴儿

一次又一次旋转的水车

7

拧紧继续拧紧

微笑的绢将浸透汗臭的棉

拧紧直到拧干

仿佛在水牢拷问一个犯人

吐尽胆汁

萎缩的睾丸没有任何秘密

肚子膨胀死去的是饮水的贫民

端过来端过来把死水 ³ 端过来

如镜的水里映现的是昨天今天明天

---

1 水祭：日本旧风俗里亲族在第一个正月往新郎身上泼水的仪式。

2 为溺死者和因生产死去的女性举行的一种巫术行为，通常在人多通行的场所立上系有红布的四根棍子，然后紧紧怀抱流产的婴儿。

3 死水：日本民俗里，指盛在碗里润湿临终者嘴唇的水。

日本萍蓬草的世世代代

流啊流

8
短暂的 H_2O

水究竟为何物

这种称作水的液体

从历史漏出

从譬喻洒落

漾自精神

潺潺涌出

因为肮脏的杯子里晒温的水

也能解渴

所以我无法跨越地平线

9
是处女

漱口的泉

大千世界

映现在晨雾里

10

扭曲的涡轮

老去的三角洲

摇摆的水母

单细胞

木墙上钉着黄铜钉

木墙露出木纹

木墙上挂着鱼的画框

木墙之上连接着木质天棚

触摸木墙

几乎是指尖感觉不到的粗糙

闻了闻木墙有一点清漆的味道

想象木墙

联想到天空森林河流和男人们的手掌

然而一切都成往事

木墙现在正处于渐渐腐朽的过程

木墙的对面下着雨

我不会被雨淋

木墙很硬　手不能敲碎

它曾被

称为花朵

直到枯萎

度过短短的时光

但现在

早晚它会从无渗透出来

在那里复活的东西

是什么

一个

灵魂

轮廓的

是多么

严酷的暧昧

与死亡一纸之隔

在
的
东
西

自然地

线条繁茂着

遮住了无

文字散开

回到

那个意义之上

纬度散开

崭新的花神

覆盖世界

但即使散开

即使散开

灵魂也纠缠一团……

Shuntarou Tanikawa

梦中的设计图

在黎明

梦中的

一张白纸上

画上水

再画上城市

教堂的影子

随波晃动

一只鸽子已经溺水

我们的梦

是多么脆弱啊

美丽

更何况

没有祈祷

还能梦到什么呢

石道

无论多么坚固

也会从我们梦的迷途里

诞生

尖塔

无论多么高耸

也会被我们梦的黑夜

尝试

《谷川俊太郎诗集·日本诗人17》所收 河出书房 1968年

Shuntarou Tanikawa

石头和光

石头不反射光

石头不吸收光

石头上停着一只牛虻

光在它的绒毛上闪亮

光刚刚抵达地球

Shuntarou Tanikawa

堪察加的年轻人

梦见麒麟时

墨西哥的姑娘

在早晨的薄雾里等待着公共汽车

纽约的少女

面泛微笑睡着翻身时

罗马的少年

向染红朝阳的柱顶使眼色

在这个地球上

早晨总是在某一个地方开始

我们把早晨一棒一棒传下去

从经度到纬度

然后交替着守护地球

在临睡前侧耳听到

闹钟在远处响起

那是有人收妥了

你传递的早晨的证据

Shuntarou Tanikawa

死去的男人遗留下的东西
是妻子和一个孩子
其他什么也没被留下
一块墓碑也没被留下

死去的女人遗留下的东西
是一朵枯萎的花和一个孩子
其他什么也没被留下
一件衣服也没被留下

死去的孩子遗留下的东西
是扭伤的脚和干掉的泪水
其他什么也没被留下
一个回忆也没被留下

死去的士兵遗留下的东西
是坏掉的枪和倾斜变形的地球
其他什么也没能留下
一个和平也没能留下

死去的他们遗留下的东西
是活着的我和你

Shuntarou Tanikawa

其他谁都没留下

其他谁都没留下

死去的历史遗留下的东西

是辉煌的今天和将要到来的明天

其他什么也没留下

其他什么也没留下

即使看着是新的
今天里也有昨天的污垢
一句"都过去了"
不能使用漂白剂
眼泪只能用淋浴洗

肉体的伤尚未愈合
心灵的创伤还在隐隐作痛
一句"对不起"
不能用镇痛药
痛苦只能用酒缓解

有些日子不愿想起
却又难以忘记
一句"还有明天"
不能吃维生素
希望只能自己去追寻

《谷川俊太郎诗选集》 春树文库 1968 年

Shuntarou Tanikawa

可以思考窗外的嫩叶吗
思考它对面的蓝天也可以吗
可以思考永远和虚无吗
在你即将死去时

在你即将死去时
可以不思考你吗
去思考离你很远很远的
活着的恋人可以吗

可以相信
思考那些和思考你有关吗
我可以变得那么坚强吗
托你的福

没有什么要写

我的肉体被太阳暴晒着

我的妻子很漂亮

我的孩子们很健康

跟你实话说吧

我以诗人自居

但其实我不是诗人

我被创造且被搁置在这里

看太阳那样地落在岩石的缝隙间

大海反而灰暗

在白昼的静寂之外

没有想告诉你的事情

纵然你在那个国家流血

啊——这永恒的辉煌

《旅》 求龙堂 1968年

我不想让此刻成为永恒

此刻是此刻就挺好

我也有把刹那拥为己有的才智

太阳现在已在转动

这句话

也不过是在沙子上写的

不是用手指

而是用愉悦立刻变成不高兴的心

孩子像我

孩子不像我

像与不像都令我高兴

像贝壳小石子瓶子碎片一样

坚硬脆弱

我的心也随着星辰的波动而起伏

拾柴老太太看到的是沙子

我从旅馆的窗口看到的是一条地平线

一边挨饿一边活过来的人啊

来拷问我吧

我总是活得酒足饭饱

现在还在打嗝

我想我至少值得憎恨

老太太啊，我的语言对于你有何益

已经不想赎罪了

勒死我的是你手中

你看不见的地平线

隐约听得见克莱曼蒂的小奏鸣曲

没有人跟我说话

是多么深邃的舒畅

自己的唾液差点呛入气管

引发一阵剧烈的咳嗽

这样会死去吗?

无法用语言预见的东西

从大海潜入我的心底

我厚厚的诗集化作灰烬

我凝望眼前的岩石

凝望松柏

执着于凝望

放弃一切表现的欲望

没有诗

没有音乐

心中却涌出一段节奏

泪水在眼眶里打转

那样写下的
口齿不清的语言
与我的什么相符?

知道写不出什么
却不知道写了什么
一艘小船从海上归来
却不见水手

语言不乘风
语言不落纸面
语言不光顾我

不要再问了
回答我和我的身体吧
如果有对我的抱怨
那只有无言

Shuntarou Tanikawa

大海

这个词里也有欺骗

但我还是越说越激昂

面对暴风雨来临前的汹涌浪涛

大海啊……

然而我张口结舌

在那之后的黑暗中，我的妻子啊

伸出你被太阳晒黑的手臂

你的身体不需要任何比喻

嘴封住嘴

无味的汗液淌下

可是人却呻吟

呻吟已经变成无意义的呢喃

离发热的耳朵比大海还近

轻轻地
走得再轻也会发出声音
在这么松软的地毯上

这也是来自什么人的留言
是无法言说的私语
这声音也是语言

在机器的吱嘎声里也没有聋过
而今
我却用双手
紧紧地捂住耳朵

于是更响地
传来人血液的循环声
传来向我说话的声音
那声音无比平静

Shuntarou Tanikawa

吉卜赛人流浪者
敲着车窗喊叫
语言不通
hostia[1]

埋在泥里的土墙
干涸的井
松塔

那里是这里
不是其他地方，是这里
流浪者的这里我的这里
我在这里

无法逃脱
就连蓝天
也早就被人的手触摸着

1　圣餐用的面包。

一条道路向地平线延伸
什么也感觉不到很痛苦
回头一看
道路从地平线而来

风景分不清是大是小
它映入我的眼帘
它只是它

它曾是世界吗
曾经是我吗
至今无言

而且我已经
我怎么样都行
抵达无言的中心
自己的语言却很碍事

Shuntarou Tanikawa

在不是回忆

也非此刻

之时

看一张明信片

心是透明的

心的对面看得见大海

不灰暗也不炫目

语言！

请不要隔开

我和大海

太阳穴上的

一滴汗

地名

是多么的清晰

Shuntarou Tanikawa

岩石和天空保持着平衡
有诗
我却写不出

推敲沉默
没有抵达语言的途径
推敲语言
抵达这样的沉默吧

以树的形状
树在风中摇响
是哪儿的风景都无所谓

如果看到的都能感受
一切会美丽地生辉
如果看到的都能写出
时间也许会停留吧

Shuntarou Tanikawa

在又白又大的五线谱纸一隅

声音像孑孓一样

开始涌现

从心灵深处

被堵塞的空洞

气息被呼出

与春天的大气混在一起

谁也不想听

但有谁在倾听着的现在

花边窗帘随风飘动

孩子们哭喊

在又白又大的沉默的一隅

声音开始涌现

像星云　遥远地

1　武满彻（1930—1996），日本现代音乐作曲家、小说家和随笔作家。

午后的阳光

落在刚被碾死的猫的尸体上

想停留的话

能够在那里停留一生的灵魂

但转瞬即逝

留下那么多东西

以无言

无论多么小的东西

也无法道尽

沉默的内容

全部都是语言

金光闪闪的云端

音乐的

诱惑

昨天我还写过

今天居然忘记怎么写诗

我是无业的中年男子

只有欲望还留着

该从何开始呢

是从墙外喧闹的交谈

抑或从被风吹响的玻璃

还是从我的呼吸

世界沉默着

只要我沉默

就是那瞬间的均衡——

撑着胳膊

眼望墙壁

我的样子宛如斯芬克斯[1]

1　斯芬克斯：古希腊神话中的狮身人面石像。

Shuntarou Tanikawa

呼吸变成紊乱的思绪

思绪成为剧烈的呼吸

呼吸变成压抑的私语

私语突然化作呼喊

然而语言从未被定义

呼喊变成无言的行为

行为无休止地凝视死亡

它总会转化为歌谣

歌谣会重新归来

朝着众人相互混合的呼吸

呼吸内部的沉默

是树叶散落的怒号　　蓝天的悲鸣

是一堆死尸的咆哮

看

看
看最小的东西
看飞去的电子
但却看不见无

看
看最大的东西
看远方的涡状星云
但却看不见无限

然而还是看
看人
想要看的
哪怕是眼睛无法看到的东西

看
看原野里的一朵花
看升空的火箭
在同一束光线下

看
看被铭刻在

《俯首青年》 山梨丝绸中心出版社 1971 年

Shuntarou Tanikawa

看惯了的妻子脸上的

和遇难士兵照片上的

自己

大海

在翻卷的云下
浪花翻涌着星星的皮肤

有时，巨大的油轮
会像树枝一样被折断

有时，又使独木舟
优雅地漂浮

是一张未被冲洗的
陆地的底片

浪波连着浪波
隔开神与神
将无数的岛屿关起来
贩运奴隶

粉碎着闪烁的白浪
是最最深沉的碧蓝

对于贫穷的渔夫
是满满一网捕捞的鱼

Shuntarou Tanikawa

对于梦想的少年
是一条水平线

向着彼岸反复拍打
是人类诞生前的声响

大海啊

和平

它像空气

理所当然

不必祈求

只要呼吸它就可以

和平

它像今天

是无聊的东西

没有必要歌颂

只要容忍它就可以

和平

它像散文

平平淡淡

无法祈祷它

因为该祈祷的神不存在

和平

它不是花朵

它是培育花的土壤

和平

Shuntarou Tanikawa

它不是歌
是活生生的嘴唇

和平
它不是旗帜
是肮脏的内衣
和平
它不是绘画
是陈旧的画框

践踏和平
操纵和平
就一定有得到的希望
与和平交战
战胜和平
就一定有得到的喜悦

湖

在唯一的一条小道上迷路

悲伤的根源没有缘由

你与湖邂逅

除了将自己作为祭品祷告不停的人之外

没有谁能从这里走往前方

无可挽回的事情

已经在这里发生

尽管它发生于何时

并未记载于历史

太阳迟迟不落的一刻

柿树的绿叶渐渐失色的一刻

目睹宇宙旋转的一刻

忏悔的人

交尾的虫子

析出的结晶体

太阳迟迟不落的一刻

余晖落在喜马拉雅山的雪顶

移动的阴影西渡大洋

那个人活得咋样

一种声音

回响在所有的书本

太阳迟迟不落的一刻

哭闹不止的婴儿们

伫立的马

曼陀罗

我渴望成为王者

渴望征服你的疆域

和小河以及偏僻的角落

其实我连一张地图都不曾拥有

当我走在自以为熟悉的路上

却突然看到从未见过的美丽牧场

我的身体仿佛冻僵迈不开脚步

我宁愿那广袤的土地是一片沙漠

毋庸说征服

连这个探险我都无法完成

便迷失在你的森林里

说不定将会倒在路边死去

我渴望为我唱的那首挽歌

除了我

不会传入任何人的耳朵

当时这样就好了

只因有这种无用的假定

虽然想用语言销毁过去

但眼前了无人踪的海滩

闭上眼睛也不会消失

即使后悔得很出色

或把过去作为痛苦的教训梦想未来

也是对你那天不可替代的

易碎的天真的背叛

反复涌来的波浪告诉我们

真正的重复一次也不会发生

如果像动物一样没有语言

可以天真地叫喊着忍耐

此刻孤寂的蔓延

后
悔

欲遮掩羞耻

却总是遮掩不住

于是，欲遮掩的羞耻

是你生命颤抖的中心

从映入别人眼帘的地方

你融化得无踪无影

如此纤弱的心之蕊

无论怎样相爱

也无法分享

从停止遮掩时起

羞耻固执地变作化石

从蛰伏的瞳孔深处通往星空的道路

被更加粗暴的愤怒和悲哀的碎片

死死堵住

映在你凝视某物的面颊上的表情

不停地微微摇动着迷惑我

即便你硬要给它取名

我也不相信这个称呼

被命名的情感只是掩饰着它深处更深的

未被命名的情感

然而从你的眼神、从你的嘴唇

直射出的东西

还没成为语言就伤害了我

我想向自己探寻

你内心锋利的缘由

却已经失去了勇气

我只有像蓝天下的一块土坷垃

一动不能动地慢慢变成碎渣

谁能够说得清

那些不足挂齿极其平常的事情

比如看孩子们嬉耍时

涌上心头的东西

它不是涌现在你的内心

而是宇宙一样从外面包围你

尽管秋阳照射的一枚枯叶

很快腐烂，被人遗忘

但是它会无奈地触及到

我们的眼睛、手掌和心灵

像蓝天一样被无限拥抱

我们是无言的婴孩

只许将无力的双手

伸向世间万物

怜
悯

Shuntarou Tanikawa

在窗户的旁边

窗户的旁边有窗

旁边的旁边还有窗

窗映照着天空

脸从窗口窥视

窗的对面有山

对面的对面还有山

是谁隐藏在山中

呼啸着吹来山风

人的身边有人

身边的身边还有人

人掩藏起爱情

人身上散发汗臭

夜的那边有夜

那边的那边还有夜

夜晚堆积起石头

梦想从夜晚诞生

Shuntarou Tanikawa

夜的深处有故乡

深处的深处还有故乡

是谁也在那里歌唱

从黑夜到黎明

树

1

树正因为是树

树才能够站在这里

而树为何物我却无从所知

2

若不把树称作树

我甚至无法抒写它

若把树称作树

我只能抒写它

3

但是，树

一直凌驾于树的语言之上

某日早晨我真正触摸过的树

是永远的谜

4

面对树

树以它的树梢为我指向天空

面对树

树以它的落叶告诉我大地

面对树

世界从树木变得明朗起来

5

树被伐倒

树被削刨

树被凿刻

树被涂抹

越被人类的手指触摸

树就变得越固执

6

人们给树起了无数不同的名字

可是，树寡言无语

在每个国家

尽管树随微风沙沙作响时

人们只是倾听一种声音

只是倾听一个世界

活着

现在活着

那就是口渴

是枝叶间射下来耀眼的阳光

是忽然想起的一枝旋律

是打喷嚏

是与你手牵手

活着

现在活着

那就是超短裙

是天文馆

是约翰·施特劳斯

是毕加索

是阿尔卑斯山

是遇到一切美妙的事物

而且，还要

小心翼翼提防潜藏的恶

活着

现在活着

是敢哭

是敢笑

是敢怒

是自由

活着

现在活着

是刚才狗在远处的狂吠

是现在地球的旋转

是生命刚刚在某处诞生的啼哭

是现在士兵在某地负伤

是此时秋千的摇荡

是现在时光的流逝

活着

现在活着

是鸟儿展翅

是海涛汹涌

是蜗牛爬行

是人在相爱

是你的手温

是生命

雨呀，下吧!
向着没人爱的女人
雨呀，下吧!
代替流不出的泪水
雨呀，悄悄下吧!

雨呀，下吧!
向着干裂的田地
雨呀，下吧!
向着枯竭的井
雨呀，马上下吧!

雨呀，下吧!
向着凝固汽油弹的火焰
雨呀，下吧!
向着燃烧的村庄
雨呀，猛烈下吧!

雨呀，下吧!
向着无边的沙漠
雨呀，下吧!
向着被掩埋的种子

Shuntarou Tanikawa

雨呀，轻轻下吧！

雨呀，下吧！
向着复苏的绿
雨呀，下吧！
为了辉煌的明天
雨呀，今天下吧！

我瞒着你去区政府

领了一份离婚申请书

在你睡着后

在那张薄薄的纸上

写下我所记得的事情

七年前两人的结婚日期

那一天晴空万里

我们在教会的草坪上拍了照

然后我用这张纸叠了个飞机

纸太薄它无法飞翔

坠落在你熟睡的屁股上

我重新展开那张纸

盯着自己一笔一画的字迹

把它揉成一团扔进厕所

在你身边

我睡下

离婚申请

Shuntarou Tanikawa

从雪白的大理石上
雕刻出来的你
先是胸肌迎受初次的风
脸上留着粗糙的凿痕

眼睛朝向看不见的东西
手应该伸展开
支撑它

伸展着叹息
把愤怒和悲哀
表达成同一种性质

右脚优美地踏出一步
左脚还在起泡的岩石中
浅小的肚脐窝里
已经有了优美的阴影

就要从雪白的大理石
诞生的你
你的嘴唇仿佛喘着气张开
发出沉默猛烈的叫喊

《小鸟在天空消失的日子》 三丽鸥出版社 1974年

Shuntarou Tanikawa

体内
有深沉的呼喊
嘴因此闭合

体内
有不亮的夜晚
眼因此而睁

体内
有滚落的石头
足因此而驻

体内
有被关闭的电路
心因此敞开

体内
有任何比喻也无法言说的东西
语言因此被记录

体内
啊　体内

有将我与你结合的血肉

人因此才
各有千秋

早晨又来了我还活着
夜间的梦忘得一干二净我看见
柿子树光秃秃的枝条随风摇动
没带项圈的狗睡卧在阳光中

百年前我不在这里
百年后我也许不在这里吧
就像理所当然
地上一定是意想不到的地方

不知何时我曾是
子宫中小小的卵子
然后变成小小的鱼儿
之后又变成小小的鸟儿

后来我终于变成了人
花了几千亿年活过这十个月
我们也必须温习这类事情
因为以前总是预习过了头

今日早晨一滴水透出的冰冷
告诉我人是什么

早
晨

Shuntarou Tanikawa

我想与鱼儿们和鸟儿们还有

也许会吃掉我的野兽

分享那水

因为无法微笑
蓝天浮起云彩
因为无法微笑
树木随风摇摆

因为无法微笑
狗儿摇动尾巴——可是人
尽管能够微笑
却时时将它忘记

还因为能够微笑
用微笑骗人

以为自己还活着
小鸟一边歌唱一边交尾着死去
以为自己还活着
专心工作的人死去

我并不惧怕自己的死
怕的是小鸟
和人的死

以为自己还活着
叶片被风吹动着树死去
大海被月亮守望着死去

以为自己还活着
我写下的语言死去
在树木和大海和小鸟和一具死尸之上
以为自己还活着

每时每刻都想着你

却怎么也想不起你的容貌

回过神来，发现自己反复哼唱着

偶然听到的那一小节音乐

虽然我想见你

但与其说那是热忱莫如说是好奇

自己究竟变得怎么样呢

想再次来到你的面前确认

之后却想不出该怎么办

我也无法想象拥抱你

只是除你之外的世界倦怠无比

我像高速摄影电影中的男演员

缓缓点上香烟

开始觉得没有你的生活

仿佛是一种快乐

你说不定是我曾几何时在异国见过的

经年美丽雕像中的一个

在它旁边，喷泉高高地在阳光下闪烁

Shuntarou Tanikawa

我歌唱

是因为一只幼猫

被雨浇透后死去

一只幼猫

我歌唱

是因为一棵山毛榉

根糜烂枯死

一棵山毛榉

我歌唱

是因为一个孩子

瞠目结舌呆立不动

一个孩子

我歌唱

是因为一个男子汉

背过脸蹲下

一个男子汉

我歌唱

Shuntarou Tanikawa

是因为一滴泪

懊悔莫及、焦躁不安的

一滴泪

野兽在森林消失的日子

森林寂静无语　屏住呼吸

野兽在森林消失的日子

人还在继续铺路

鱼在大海消失的日子

大海汹涌的波涛是枉然的呻吟

鱼在大海消失的日子

人还在继续修建港口

孩子在大街上消失的日子

大街变得更加热闹

孩子在大街上消失的日子

人还在建造公园

自己在人群中消失的日子

人彼此变得十分相似

自己在人群中消失的日子

人还在继续相信未来

小鸟在天空消失的日子

天空静静地涌淌泪水

小鸟在天空消失的日子

人还在无知地继续歌唱

Shuntarou Tanikawa

于是我不知何时

从某地奔来

意外地站在这块草坪上

我的脑细胞记忆着

所有该做的事情

因此我以个人的姿态

开始有关幸福的诉说

草坪

《夜晚，我想在厨房与你交谈》 青土社 1975 年

夜晚，我想在厨房与你交谈

1
一男一女的中学生
坐在地铁的长凳上
贴着猫一样的笑脸
用粉红色的齿龈交谈着

地铁轰隆隆停在站台
他们俩并没上车
地铁轰隆隆地驶去
这就是这个时代的逻辑

为什么不趁早去做呢
我只顾自己忙碌
我无法关注你们
一直到我这把年纪

2
——致武满彻

今夜你也许还会在哪儿喝酒
听得见冰块碰撞玻璃杯的声音
你在口若悬河时还会突然沉默吧

我们苦恼的根由是一样的

但是，发泄方式却各不相同

你会打老婆吗

3

——致小田实[1]

只谴责总理大臣一个人是徒劳的

他连一个国家的象征都不是

你的大阪方言是永恒的

而总理大臣却很快换掉

电冰箱里流动着潺潺水声

我在厨房喝着咖啡

因为正义与性相克

所以我起码要把字写工整

然后明天来临

倏然滑进历史

等再从历史里爬出时

却变得捉摸不透和妄自尊大

1　小田实（1932—2007），日本当代作家，社会活动家。

夜晚，我能向你道一声早安吗

4
——致谷川知子[1]

你生气不是没道理
我说让你爱最丑陋的我
而且不是借着酒意

真的是走投无路了啊
我一定有必要做出
像俄狄浦斯那样的精神发泄
之后只要不变成瞎子
能幸存下来

合唱团会为我唱什么歌呢
一定是异口同声地喊叫着
所谓的恋母情结吧

————————

1 谷川知子（1930—2012），原名大久保知子，为诗人的第二任妻子，结婚前为日本现代话剧演员。

那也是有一番道理的
解释这种东西总是晚一步
其实我真正想要的
是荒诞透顶的神谕

5
我已经厌倦了说自命不凡的话
也厌倦了与印刷机的交谈
即便是幽灵我也愿意让它坐在我面前
尽管一一回应也让人讨厌

钱要能变成树叶就好了
不是全部一半就够
然后望着树叶
能呆坐一整天

闪电由远而近
要能马上下雨也不错啊
比起法律条文
被盗也许不是坏事
幽灵返老还童
假如回到被下毒之前的岩石

我能够让她幸福吗

6
完全沉默也并非不好
总之像管弦乐的铜钹一样的人
用尽全力呼喊一次或至多两次
之后稳坐不动
至于坐着时干什么
养蜂也不错
于是呼喊的主题也与蜜蜂有关

主题虽说是关于蜜蜂的
结果还是在讲述自己的人生
即便是大喊一声
声调也完全不同
声带、小舌头、舌头
让人觉得都变得极其肥厚
但并不僵硬

唾沫四溅

7

写一张明信片吧

上面写着我很好

但准确说还有点不对

写我不好也不正确

真相介于好与不好之间

如果换个词说一般般又显得有些油滑

所谓的一般般是丝绵般大量的绝望

和铅块一般微量的希望相互平衡的状态

像礼拜日的动物园

挤满了猴子和人

反正我会写一张明信片

在上面写上我很好

尽管还不知道

喝过可乐之后

你和我谁会踏上旅途

匆匆

8
——致饭岛耕一[1]

顷刻之间写下几首像诗一样的文字

你可要掌握这种文体啊

你说你患了抑郁症在嗜睡

可我却患了抑郁症在醒着

因为我不知道该干啥才醒着写东西

因为写着所以大概不会是抑郁症吧

但一切都无聊透顶

连莫扎特我都开始讨厌了

总想触摸些什么

比如做工很好的原木盒子

能摸着就想抚摸一下

能抚摸了接下来就想抓一下

能抓到了还想再敲打一下

你会怎么样呢?

你的手指怎么样呢

大拇指还是大拇指吗?

1　饭岛耕一（1930—2013），日本现代诗人、小说家，日本艺术院院士。

大便还正常吗?

你个胆小鬼

9

题目是什么都无所谓

给诗起个题目俗不可耐

尽管我是个凡夫俗子

可现在我没有时间给诗起名

如果要起题目的话就起个一切的题目

否则就起这时或那时

院子里的杜鹃花开了

很快它就会不假思索地盛开,美丽无比

虽说如此也不会有杜鹃这样的题目吧

虽然我写着杜鹃

但脑子浮现出来的是别的事情

糟糕的日语比比皆是

如果只有杜鹃与此无关还好

灵魂只有一个

10

——仿查理·布朗 [1]

床下有一双穿惯的鞋啊

今早起床时我还想着它

时间与钟表真像

不厌其烦地给我劳动

改变个话题

风从杂草上吹过

我再一次观望看完的景色

话题难以改变

11

如果素昧平生的家伙突然呕吐着

一边倒向你

你能抱住他吗

当然是在拭去衬衣上的呕吐物之前

1　查理·布朗为美国漫画家查尔斯·舒尔茨的《花生漫画》里的主人公。

我也许会抱紧他

但在抱他的瞬间

我可能会把抱着他装进画框的自己

凝视过了

为了先比他人批评

为呕吐物的味儿而呕吐

是回到家之后

这比伪善的性质更坏吧

举出这样的例子

你也许会说吃不消

可是，我已经写出来了

怎么办?

12

铅笔掉到床上响起了很大声

妻子翻着身

我很在意这样写

是因为我丢失了过去

回顾过去让人头晕眼花啊

人什么都思考

老实说，太费神啊

尽管自己什么也不去思考

但我还是感受到铅笔掉下的声音

当啷、叽里咕噜地滚……

因为不存在过去，也不会有未来之音

所以——

往前不会有丝毫的继续

13
——给汤浅让二[1]

日比谷公园的喷泉被照出七种颜色

在那中间站着一位男人

他沐浴着喷泉张开两臂站着

围在四周的人拍手叫绝

风还很凉

太阳落山前，我正在露天音乐场

1　汤浅让二（1929—），日本现代音乐作曲家。

欣赏民族音乐

几架纸飞机飞起又落下

班卓琴的声音响起

树梢随风摇曳出无数雷同的歌

音乐既毁灭我，又拯救我

音乐既拯救我，又毁灭我

14
——给金关寿夫 [1]

我必须为自己精心做一次

手术

这样唱歌的贝里曼自杀了

模糊记得其他的几个人也是同样的结局

好想把一切和盘托出

但和盘托出的瞬间却变成了别物

在言及被太阳照耀的吸血鬼时

1　金关寿夫（1918—1996），日本英美文学专家，翻译家。生前致力于美国现代诗和原住民的诗歌翻译。

灵魂中的语言与触及空气的语言

既相似又不相似

还记得吗

创作绝句时内心的充实

如果可能想一个劲儿地创作绝句

不然还不如目瞪口呆

手指上戴上漂亮的指环

忘掉自我

诗后记：

这首诗是 1972 年 5 月某夜即兴用铅笔写就的。同年 6 月 26 日朗读和录音，8
月同意活字记录和大量印刷发行。

然后 W.H. 奥登

用他的大手

把装进铝质牙缸里的

热咖啡端过来

再就是前一天晚餐的饭桌上

有人把筷子的起源当作问题

是一九一〇年突然发明的嘛

说了句玩笑　却并没谁知晓

在冷清的小电影院

还看了《色情电影的历史》

不知谁家的白墙上爬满了弱不禁风的爬山虎

它的下面绽开着一道凄惨的裂缝

然后广播里某个电台总是

播放 J.S. 巴赫的音乐

从我下榻酒店的窗口　别说天空

就连阳光都看不到

我们还要为患感冒的田村夫人[1]

往塑料盒子里

装生鱼片和米饭和小咸菜带回来

而电视里玛丽莲·梦露还活着

然后当然是在游客支票上

一次次签上自己的名字

人如果老是现在的样子

还能获得拯救吗

如果不能获得拯救

对今晚的死者该如何是好

如果能够获得拯救

未来又为何存在呢

若拯救的只是自己的灵魂

该是多么的轻松

因为他人的灵魂强行入侵

所以我无法看到自己的灵魂

1　即诗人田村隆一（1923—1998）的夫人。

然后天又亮了
我被来自东京的电话吵醒
我说了句早上好
女儿和儿子说的却是晚安

相互调情相互杀戮的地球舞台

自可以嗅见微热气息的卧室

经过幽暗的走廊　沿吱嘎作响的楼梯拾阶而下

从那里伸向泥泞　伸向冬季的荒野

又延展到灰蒙蒙的海边

头顶着永恒的蓝天

此半球和彼半球并无二样

不论讲述爱还是讲述王

韵文在我们的国度已经遗失了很久

这究竟是哪类妖怪的恶作剧呢

今晚我独自一人

只将白菜汤罐头放在煤气炉上

如果里面没有蝾螈的眼球

也就不会有龙的鳞片和婴儿的手指

所以也就不会看见任何未来的幻影

我虽然四十年前剖腹产降临于世

但却没有杀掉王和杀掉王自成为王的力量

对那句"不知何故大声叫嚷

却没有任何意义"

又怎么会有勇气加以意义分析

啊啊莎士比亚啊　在你之后

究竟该怎样写下最初的一行

成为小丑比成为王更没把握

即便摆出能够想到的所有恶言

也不会有能够输入比喻的电脑

像上午七点四十分朝郊外车站走去的上班族

用一二一二无休止的二进制法

回答分期付款购买的美术全集中的斯芬克斯

也许是本世纪流行的做诗方法

人的确登上了月球

可变形的月球仍不诚恳

世界仍是你所看到的模样

啜汤的嘴吐出咒语

在忌讳形成语言的地方接吻

不久就没了呼吸

在地下滋养白桦树的根

说谎者诚实者寡言者健谈者皆相同

吱嘎嘎打开夜幕下的玻璃窗

发现邻家柿树的枝头只挂着一个柿子

今晚　那一如既往的俳句主题

在我看来　也只是成熟和将其吃光的种子

因为没有替我死去的人

我不得不自己死

不是谁的骨头

我是我的骨头

悲伤

河的流淌

人们的交谈

被晨露濡湿的蜘蛛网

这其中

我一个都带不走

至少是我喜欢的歌

我骨头的耳朵

能听得见吗？

Shuntarou Tanikawa

黄金的鱼

大鱼用大口
吃中等的鱼
中等的鱼
吃小鱼
小鱼
吃更小的
鱼
生命以生命为祭品
生辉
幸福以不幸为滋养
让花儿绽放
再深的喜悦之海
不可能
不融入一滴眼泪?

Shuntarou Tanikawa

对杯子的不可能接近

《定义》　思潮社 1975 年

它多半是有底面而无顶面的一个圆筒状。它是直立的凹陷。是一个被封闭在向着重力中心的限定空间。它能将一定量的液体保持在地球的引力圈内而不使之扩散。其内部只充满空气时，我们称之为空，然而即便此时，它也会因光照而现出清晰的轮廓，它质量的存在不用计量，也会因冷静的一瞥得以确认。

用手指轻弹时，它会发生振动而成为一个声源。虽然有时被用作暗示，偶尔也会被用作音乐的一节，但是它的声响超越实用的固执的自我满足感，直逼你的耳朵。它被置于餐桌上。或被人握在手里。也时常从人的手上滑落掉。事实上，它会隐藏起因容易被故意打破、变成碎片而成为凶器的可能性。

然而，即便被打破，它也不终止它的存在。即使这一瞬间，地球上的所有杯子都被摔得粉碎，我们也无法逃离它们。虽然在各自的文化圈，它们依各种不同的表记法被授予名称，但是对我们来说，它是作为一个通用的固定概念存在的，尽管实际上（用玻璃、用木材、用铁、用土）的制作

Shuntarou Tanikawa

会因伴以极刑的惩罚而遭到禁止，但是我们也一定无法从它依旧存在的噩梦中获得自由。

它主要是为解渴才被使用的一种道具，尽管它不具备比两只手掌能在极限状态下被互相合拢或凹陷更多的机能，但是在现在多样化的人类生活中，时而在朝阳下，时而在人工照明下，它都无疑作为一种美沉默着。

我们的理性、我们的经验、我们的技术使它出现在地球上，我们为它们命名，极其自然地用一连串的声音发出指令，但是它究竟是什么？——谁也未必有正确的知识来理解它。

对苹果的执着

不能说它是红的，它不是一种颜色，它只是苹果。
不能说它是圆的，它不是一种形状，它只是苹果。
不能说它是酸的，它不是一种味道，它只是苹果。
不能说它是昂贵的，它不是价格，它只是苹果。
不能说它有多么漂亮，它不是美，它只是苹果。
无法分类，又非植物，因为苹果只是苹果。

是开花的苹果，是结果的苹果，是在枝头被风摇
动的苹果。是雨淋的苹果，是被啄食的苹果，是
被摘下的苹果。是落在地上的苹果。是腐烂的苹
果。种子的苹果，冒芽的苹果。是没有必要称之
为苹果的苹果。可以不是苹果的苹果，是苹果也
无妨的苹果，不论是不是苹果，唯一的苹果就是
所有的苹果。

是红玉，是国光，是王林，是祝光，是黄魁，是
红魁，是一个苹果，三个的五个的一篮的、七公
斤的苹果，是十二吨的苹果、二百万吨的苹果。
被生产的苹果，被搬运的苹果。被称重被包装
被交易的苹果。被消毒的苹果，被消化的苹果。
被消费的苹果，被消灭的苹果。是苹果啊! 是苹
果吗?

是那个，就是在那里的，就是那个。就是那里的那个篮子中的。是从桌上滚落的那个，被画到画布上的那个，是用烤箱烤的那个。孩子们把那个拿在手上，啃着那个，就是那个，它。无论吃多少个，无论腐烂多少个，它都会一个接一个地涌现枝头，闪闪发亮地永远摆满店面。什么的复制品？何时的复制品？是无法回答的苹果。是无法提问的苹果。无法讲述，最终只能是苹果，现在仍是……

Shuntarou Tanikawa

关于灰之我见

无论多么白的白，也不会有真正白的先例。在看似没有一点荫翳的白中，隐匿着肉眼看不见的微黑，通常，这就是白的结构。我们不妨这样理解，白非但不敌视黑，反而白正因其白才产生黑孕育黑。从它存在的那一瞬间起，白就已经开始向黑而生了。

然而在走向黑的漫长过程中，不论经过怎样的灰的协调，在抵达彻底变黑的瞬间之前，白都从未停止过坚守自己的白。即便被一些不被认为有着白的属性的东西——比如影子、比如微光、比如被光吸收的侵犯等，白在灰的假面背后闪耀着。白的死去只是一瞬。那一瞬，白消失得无影无踪，完整的黑顿现。然而——

无论多么黑的黑，也不会有真正黑的先例。在看似没有一点光亮的黑中，隐匿着肉眼看不见的基因似的微白，这就是黑平常的结构。从它存在的那一瞬起，黑就已经开始向白而生了……

Shuntarou Tanikawa

完美线条的一端

一枚树叶，在完美线条的一端。尽管叶脉纯属一种功能，却在实现着自我，仿佛期待着被我们读懂。（它几乎可以说是被画上去的）也许，把它当作预言阅读的人应该在僧院里死去，把它当作设计图阅读的人应该得癌症吧。而把它当作地图阅读的人会在森林中迷路，把它当作骨头阅读的人，最好歌唱着秋日的长昼过活。

即便抵挡住这般诱惑，不去从中阅读什么，但是很显然，我们依旧无法摆脱人的尺度，完美的线条已经被封在了任何视线都无法到达的彼岸。就算是一根瘦木，也不厌其烦地体现着这一点。不光是叶，就连伸向空中的树梢、翻土的根，甚至脆弱的枯枝，也都体现着。

Shuntarou Tanikawa

将下列物件收入一个有限大的容器，这部诗集即由此而成。申请设计专利中。非卖品。

1　仁宇布·东美深为车站名。

Shuntarou Tanikawa

14 非常情况下，可将此诗集完全破坏的足量炸药。所谓非常情况意指何种情况，有待读者判断。

15 物件 4 的玻璃纸太大时使用的剪刀。亦可用于物件 7 的制作。

16 尚未被命名的物件。虽然构成它的各个零件为针叶树的叶子、棉花糖、生锈的短钉、雾状液体、微弱的超短波振荡器、约 300 克肉馅等有正确名称的物体，但其整体无法称呼。

17 C30 型盒式录音带上录下的数人的呻吟声。

18 密封的旧火柴盒。

19 蓝色不明物件。又一个。

20 细致，且有某种祭祀意义的物件，例如宛若白木筷子之物。抑或白木筷子本身。

21 为固定压缩物件 2 的位置，钢质镀金的小装置。

22 因热而扭曲的唱片一张。有可能是盗品。

23 葵花籽。一袋。

24 五万分之一地形图长野 6 号、版权所有印刷兼发行人为地理调查所。大正元年测图昭和十二年修订测图。

25 水果刀。

26 梳子。已经用旧。

27 木制陀螺。

28 红色铅笔一支。与其说作为记录文字，不如说是用来抹消文字的工具，即作为对语言的一种凶器。

29 味精，或许是天字第一号。

30 不特定报纸连载漫画的剪报。不指定数量。

31 对某特定个人来说，具有某种特定意义的纪念物。重量五公
    斤以内。

32 足以购买物件 10 的货币。但是，只限于该物件欠缺时。

33 取消物件 6。作为一种推敲的结果。

34 物件 23 生长所需土壤。含降雨及日照。即这部诗集如果没
    有非特定读者的参与，就无法成立。

35 有可能实现物件 34 的时间。

36 测量物件 35 所需的日历。

37 原子弹。结构最古典的一颗。附有简易使用说明书。

38 取消物件 14。

39 按照收纳物件 37 的指示，产生这部诗集的可行性极小。无奈，
    只好采用通过诗集目录而不是诗集这种办法，使诗歌成立。
    即下一个物件成为急需。

40 小词典。最好是已经绝版的。

41 撤回物件 27。伴随文体变化而做出的应急处理。

42 抹消物件 5。同上。

43 消去物件 15。同上。

44 消除物件 25。同上。

45 物件 45 空缺。

46 在 1940 年前后，被称为纪元节的节日，在小学免费赠送菊

花形 [1] 的红白色点心给学生。

47 **蜘蛛网**。一张。

48 面具。

49 乱作一团的毛线球一个。

50 受民法制约且至少被歌唱过一次之物。

51 用途不明、有褐色光泽之物。

52 作为嫉妒的结果，被破坏，之后又被修复，留下记录之物。

53 猥亵、且不断增殖、在盐水中泛红之物。

54 旗帜一面。随微风飘展。

55 按指纹或署名。有法律效力之物。

56 大约三公顷红薯地。

57 黑人女子一生所分泌的唾液。

58 数代画家持续描绘的贫民窟的工笔画。

59 到手的石质陨石中最大的碎片。

60 为抑制此目录不可避免的膨胀及加速，保留包括物件 1 乃至 59 一度取消、抹消、消去、消除、撤回之物。在此省略此行为造成的这部诗集及诗集目录的相对变化。

61 如果此目录作为第三类邮件 [2] 认可的印刷品而被复制时，将该印刷品的每一页用麻绳横捆绑定后，收纳起来。

---

1 菊花形为代表日本皇室的特定图案。

2 第三类邮件：即日本邮政省承认的享受特殊优惠的邮件。如报纸、杂志等。

62 能够收纳物件 61 及保留中的所有物件的容器一个。

63 解除物件 7 的保留。

64 在容器外保持足够的使物件 7 得以漂浮的大气。

65 此目录的作者，申请解除有关该目录一切法律、道义、艺术
    责任的申请书一份。申请对方为非特定读者。

66 解除物件 23、34、35 的保留。

为了世界末日的细节

没有风，青苹果却从枝头落下。被放出的羊群开始叫，直到入夜也咩咩不止。嘎吱吱的门扉变得和羽毛一样轻，书签从书页间滑落，刚刚竣工的歌剧院里，歌声突然无法传到观众席。就算彩绘玻璃上爬满裂纹无可奈何，孩子们的不再哭闹却叫人难耐。蚂蚁回不了家，在草间迷路，音叉时钟的音叉普遍高了半个音，它开始鸣响时，袜子提了多少次也还是一味地下滑，桌子腿麻了，壁纸长麻疹。然而那种被称为嫉妒的情感，非但没有消失，反而越发强烈，因无一可以决定，一家之主们的腹部或硬结为板状，或凹陷成船底状。咖啡豆的库存见了底，面向旁边的水兵凝望正前方的时候，动物园的骆驼傻傻地走上街。星星像瘫了双腿蹭到一起，铁的雕刻被大锤铸就，曼陀罗的众佛撩起衣衫下摆，溯流而去，孕妇们浑然不知地排成队，所有的事件都成为下一个事件的前兆，然而勋章照授，只是世界的细微之处开始丧失其凸凹和特有的恶臭。

螺旋伸直，直线忘记了紧张而弯曲，圆扭曲了，平行线向外互相背离。就算想笑它的滑稽，肌肉也已经不属于皮肤。如马口铁碎片的东西不断从空中飘落。白痴的脸上，终于驻留人类无法实现的睿智之影。大气被真空吞噬。地球上所有的语言，不论是有文字的还是没有文字的，都收敛为○形的叫声，沉默缓缓地将这叫声卷入漩涡、紧紧抱拥的时候，一粒蒲公英的种子，想要到达地上却又无奈地在脸颊附近游荡。

Shuntarou Tanikawa

风拨动着风车的声响
天空充满各种颜色的鱼
两人坐在明亮的河堤上
遥望天空流淌的河

浅浅的微笑
模仿着由利的假面具
那浅浅微笑的意图
由利自己也不知道

次郎说出一句沉重的话
在俩人之间落下时
变成谜　变成铅锤

爱……不知道它的行踪
俩人像没经验的悲剧演员
在舞台上进退维谷

《由利之歌》　昂书房1977年

Shuntarou Tanikawa

没有可馈赠的对象

又不知从这样的孤单里

怎么逃脱

像捡起小石子一样，突然

想起她买的袖扣

有着小帆船的形状

我将幸福的夏日

用桂花的刺包着

还给她

要记住!

那晕眩那彷徨

那饥渴那沉默那黑暗

那无可名状的莫大感动

还有——

未来

充满弹性的乳房坚实的腰肢柔软的腹部

承受痛苦的心脏和静脉

开拓着作为女人的未来

"'接下来我说的话，不确定它出自哪里。'那位老水手说道，'已经是半个世纪前的事了。我偶然登上一艘从那不勒斯开往孟买的破旧货船，发现包着备用茶壶的破纸上，用瑞典语记载着这些字句。注释只有短短一行，说收集这些字句的，乃是住在北给金地区的塔拉玛依卡族人，除此之外再无说明。待我回过神来，我已经把这既不像叙事诗也不像箴言的东西牢牢记住了，大抵是因为久违的母语实在令人怀恋吧。当航海结束，货船抵达孟买时，我把那几张纸片给弄丢了。唯有铭刻在记忆里的字句，即使过了五十年的今天也依然鲜活，我甚至深深觉得，那就是我自己说的话，如此亲切。'于是，老水手开始用他嘶哑苍老的声音，把下文这段不长的字句唠叨着缓缓道来。"

我第一次见到应该被称为塔拉玛依卡少数民族创世纪的口承文学的残篇断简，是我正往后院的火堆里扔死去父亲留下的那一大堆旧信的时候。泛黄的旧信封上，既没有收信人的名字，也没写是谁寄的，这反而吸引了我的注意。我对这像是从笔记本上撕下来的几张纸上用一丝不苟的字体写下的记录充满了好奇，盘算着说不定什么时候能作为珍贵的学术资料卖个好价钱，在手头存了很久，现在——这段应该是后记的东西就写到这儿为止了。他如此说道。"那正文呢？"我不禁问道。他回答说："看起来只留下了一部分，我按自己的方法给它整理了一下，翻译成了英语。"下文记述的，就是把他用略显夸张的抑扬顿挫与手舞足蹈所背诵的、从塔拉玛依卡族的语言翻译成瑞典语再重新译成乌尔都语的文章的英译文，用我拙劣的日语试着翻译的东西。因此，它跟塔拉玛依卡语（？）的原文应该有相当的距离。并且，他背诵的字句的本源是如何流传至今的，这段经历听起来怎么都像是雕琢过的韵文，恐怕也没有什么可信度。无论北给金这个地名还是所谓塔拉玛依卡民族在我调查范围内皆不可考。如果相信他说的话，那么塔拉玛依卡语的原始文本（但是由口头传承）先翻译成瑞典语的第二文本，再到乌尔都语的第三文本、英语的第四文本，最后绵延至这篇日语写就的第五文本，我们不仅无法保证在这个过程中没有其他语言介入，同时也存在文章完全是瑞典语、乌尔都语或者英语的杜撰的可能性。我称作"他"的人物是个偶然认识的美国籍男人，我对他的底细一无所知。据他所说，他是在美国西海岸某个中型都市的工地上捡到乌尔都语版的书卷状残片的。那是新的都市规划下某所正被拆除的学校，残片当时就粘在推土机的履带下。可当我问他东西现

Shuntarou Tanikawa

在在哪里，他便只说搭顺风车时跟别的行李一起被偷走了，让人摸不着头脑。但无论如何，即使我们并不知道这些字句出现的时间、地点以及作者，但毫无疑问，它们必定是从人类的灵魂中诞生的。为避免学界有所误会，我姑且把它命名为"伪书"，但诸位应该能明白，这并不是在否定这些语句。

I 那里和这里

我的[1]

眼睛

去了

远方。

1　我——这个第一人称并不单纯指个人的"我"，应视为参与传承＝书写的复数人——即塔拉玛依卡族的传承者、瑞典语的采集翻译者、作为中介人的老水手、乌尔都语的记录者、英语译者，以及我自己等等——的集合性的第一人称。与Homogeneous（同种）的"我们"不同，而是伴随着微妙晕圈的"我"的多层体。此外，应当称作"原我"的塔拉玛依卡族发话者在发话中实现恍惚状态的意识化。这一意识化是否也是由于恍惚状态而发生尚无定论，但传承是由发话者本人的自我确认开始这点令人深思。
"我"的多层体——英译者在说明"'我'死亡多层体"这一观念时称其为虚妄。他观点的主旨是：语言本身原本无法正确定义单个"我"，那么一切语言不过是从人格性的物质通往无人格性的物质的过程。同时，所谓语言还拥有阻拦物质完全无人格化的职能。——原注

我的

嘴巴

在此

张开。

我的

耳朵

去了

远方。

我的

嘴巴

在此

谈话。

我的

鼻子

去了

远方。

我的

Shuntarou Tanikawa

嘴巴

在此

缄默。

我的心踱来踱去

我的心踱来踱去。

Ⅱ　分界线

哦哦

哦哦

比太阳的太阳

刺眼的

光芒。

那时

我

看到

哪都

不曾存在的

眼睛

和我。

哦哦
哦哦
比雷的雷
还响的
轰鸣声。

那时
我听到
哪都
不曾存在的
耳朵
和我。

哦哦
哦哦
比硫黄的硫黄
还刺鼻的
味道。

那时

我嗅到

哪都

不曾存在的

鼻子

和我。

哦哦

哦哦

自然而然地

自然而然地

阿给拉哈娜米迦库拉蒙吉[1]

鸣响

谁的

意愿也不是

仰望上方

上方

_____

1　阿给拉哈娜米迦库拉蒙吉——英译者注。这句塔拉玛依卡语无法翻译成任何一种
语言，因此一直采用音译至今。从上下文推测是指"无法命名，无法将对象化变为
一的全体"。——原注

也不存在。

凝视下方
下方
也不存在。

可是
那里。

Ⅲ　领会为了觉醒的洞穴

光
之刀
砍了上去。

眼睛是刀伤。

声音的
锥子
扎进去。

耳朵是扎伤。

气味的

烤串

贯穿。

鼻子是疤痕。[1]

让心

觉醒的

是痛疼。

然后

嘴巴是

从内侧

裂开的

石榴。

---

1 鼻子的疤痕——塔拉玛依卡语中表示眼、耳、鼻的词语中皆有"伤痕"的含义。
为传达这一含义暂且译成"鼻子的疤痕",但实际的塔拉玛依卡语中这一行几乎接
近于同义反复。眼、耳亦是如此。——原注

Ⅳ　呼叫不同于出声

雨
只是在石头上
发出声音。
哈匹童姆、特姆、冷

虫子
不叫
虫子只是
在草丛里
摩擦肢体。

米莉鲁、给吉吉、契。

岩石
不叫
岩石只是
嘎吱作响
在岩石的重量里。

噢噢嘛、的噢噢嘛、小噢噢噢咂咖

树
不叫
树
只是沙沙作响
在风中。

沙沙咂、咂咂吉、啡啡鲁

喊叫的是
筑巢者
抱蛋者
喂孩子奶的人

翻腾的鲸鱼 [1] 叫喊
水晶龙叫喊
吃惊的鹿叫喊
雪鸽叫喊

---

1 翻腾的鲸鱼——乌尔都语注。以下的生物名与当今我们知道的哪种生物对应尚不明。——原注

蘑菇老鼠叫喊

头朝下的猴子叫喊

尖尖的男人[1]叫喊

凹凹的女人叫喊。

V　名字

请记住

最初的名字

带来之物的名字

那个名字

叫凯翁吉[2]。

没有形状

它潜藏于

太阳

果实

1　尖尖的男人——"尖尖人"指男人，"凹凹人"指女人的可能性极大。为方便下文皆译作男人、女人。——原注

2　凯翁吉——乌尔都语注。英译者称其指"某物与其他物质区别的力"，但证据不明。姑且按最接近他发音的字符进行表记，但似乎也可听作"凯恩泽（重音在最后）"。——原注

贝壳

小石头

跟你的头相似

圆圆的

在结束之物

之中。

放弃打听

凯翁吉吧

凯翁吉的名字

带来之物是何物

为凯翁吉

命名的东西

以凯翁吉之名

被召唤

朝向凯翁吉

之外

走出的人 [1]

手指

———————————

1　朝向凯翁吉之外走出的人——应该指现在我们说的精神病人。——原注

Shuntarou Tanikawa

称作凤尾草

烟

称为蜥蜴

鹰隼的羽毛

称作里普萨[1]

在水中

观火吧

（没有却存在的）他他——指"朝向凯翁吉之外走出的人"。塔拉玛依卡语原
文是无性别的特殊第三人称，其中包含了病患与圣者这两个观念，据说瑞
典的老水手如此说明。——原注

斜着眼

透过篱笆缝看令人着急的中心

用他那蹭地的脚

画着无法重合的圆

用他赤裸的拳头

折磨着虚假自我的肉身

—————————

1　里普萨——不明。——原注

VI 手指数过的东西

1[1] 分裂变成 2

2 分裂变成 3

3 分裂变成 4

4 分裂变成 5

其理由分裂为中指

5 汇集一起变成 4

4 汇集一起变成 3

3 汇集一起变成 2

2 汇集一起变成 1

其理由分裂为拳头

雨、泉、露、池

水在所有的地方连在一起

所以把水数成 1 吧

鱼生鱼

---

1 1——从上下文中可以明确，以下的数词与我们现在使用的数词内容有微妙的不同。——原注

鱼无法改变鱼的形状

所以把鱼数成 1 吧

不要忘

存在的数字都是 1

比 2 多的数字

都是虚幻

Ⅶ　越来越多黯淡的情形出现 [1]

团团转、旋转、旋转转

漩涡的中心

什么也没有

只有力

团团转、旋转、旋转转

从肚脐眼儿

捻出的

──────────

1　越来越多黯淡的情形出现──大概指服用某种致幻剂后伴随动作咏唱的东西。似乎在音韵上也与其他的断章有所区别。何为"越来越多黯淡的情形"？我认为不是指图像性的东西。我把它想象为一种类似"ectoplasm（心灵体）"的东西。──原注

黑线

团团转、旋转、旋转转

从口中

拧出的

黑色叹息

团团转、旋转、旋转转

身体溶化

野草溶化

身体和野草混杂一起

团团转、旋转、旋转转

洞开着

变成洞

洞对面的那个

Ⅷ（挽歌）

啊——哈

菜叶和石刀 [1]

1　菜叶和石刀——推测为针对死者遗留下的物品的即兴咏唱。——原注

啊——哈

念珠的珠

啊——哈

那家伙[1]出来了

拿走

那家伙的遗留物

变冷了啊

变硬了啊

眼球

长出红毛[2]

乳头

长出绿毛

那家伙

已不做

回答

现在正好用舌尖

捅那家伙

———————————

1　那家伙——因英译者说明此为不含性别、略带轻蔑的第三人称，所以用这个词汇
对应。——原注
2　长出红毛——跟接下来的两行一起，不能确定是指尸体上长出的霉斑还是死者身
上仪式性的装饰。——原注

肿起来啊

变臭了啊

牙齿

还原成小石块

头发

还原成丝虫

那家伙已

无法还击

现在正好用树枝

抽打那家伙

啊——哈

弓与绳

卡琳给 [1]

那家伙出来了

拿走

那家伙的遗留物

1　卡琳给——不明。似乎是指死者配偶身上的某一部分，但这仅是直观推断。——原注

Ⅸ　歌声

我来了

在树之中

作为梦见树的人

击打石头

用石头击打

我追溯我的

诞生

我来了

在人群中

作为梦见人的人

摩擦骨头

用骨头摩擦

我超越我的

死亡

我来了

在这个容器[1]中

1　这个容器——塔拉玛依卡语中，自身的肉体、女人的子宫、宇宙均用同一个词汇
表述。——原注

作为梦见这个容器的人

吹嘴[1]

用嘴吹

我用我的歌

转达

既有之物

不存在

还未存在之物

存在

X 关于男人与女人的谚语[2]

钻过

蛇的大梁

绕过

百足的柱子

---

1 吹嘴——可以认为第一节的"石"、第二节的"骨"都是作为乐器来演奏的。这里的"嘴"也可以推测为两个面对面的人往彼此的口腔内吹气共鸣的行为，但也可能意味着歌谣口对口的传承。——原注

2 关于男人与女人的谚语——据瑞典水手说，这一部分有很大可能是后人增补。但具体完成年代没有确证。——原注

水蛭天棚的

下面

踩着

蛆虫的床

再美的少女

都手持

一只蜘蛛

握住

荆棘的手

对着蘑菇的耳朵

私语

缠住

爬山虎的脚

吮吸

青苔的嘴

再聪明的男人

都手持

腐烂的根

XI 从不毛之地涌出的智慧

没被朋友

邀请

你却在树木间

回头时

看

在那里的

你

没被玩耍

你

趴在草地上

触动凤尾草的叶尖

不靠近语言

贪婪于它的粗糙也无妨

你

坐在水中的石头上

与鱼儿们一起

不靠近语言

贪婪于它的光滑也无妨

在人与人之间

一切都有形状

一切都有补偿

但是

在人与空间中只是 [1]

1　在人与空间中只是——这一突然的中断自然不是刻意为之。——原注

狗在电线杆前翘起一条腿

撒尿

皮绳的另一端

主人在等

主人在书店前驻足

站着阅读

皮绳的另一端

狗在等

皮绳连接的两个灵魂

都不会不死

狗嗅着风

主人在嗅着什么呢

狗
与
主
人

《另外》　集英社 1979 年

说实话我还是喜欢
你擦掉口红
还有眼皮上那淡蓝色眼影

你看到的你总是镜中的你
自己看的是自己的脸
然而真正的你在镜子之外

你身后的那条小河流淌
你的脸颊上现在流光溢彩
我凝视着那时的你

你就是你
费尽笔墨和言词也表达不清
或许因为没有可比之物吧

电车里坐在我前面的你
握着月票塌鼻梁的你
宽罩衫的扣子快要掉了呀

如果说你漂亮
我或许会成为伪善者吧

然而说你难看我又会成为什么呢

我可以尽情想象
你比《裸体的玛哈》还美的瞬间
虽然这对戈雅有些不敬

室内

人把酒坛放进柜子
人蹑手蹑脚在走廊走动
人轻挠鼻根
打开涂白的门扉

就像事先被计划好
人自然而然地行动
但却被石墙围困
人分辨不出情感和思想

人挽起袖口
人拧开水龙头
放屁
窥视镜子

多么的没有目的性
人的肌肉伸缩
眼球转动
人在椅子上坐定

幼儿永远在相框里微笑
人正在读诗

Shuntarou Tanikawa

噜噜哩。[1]

　　哩哩哩。

噜噜哩。

噜噜哩。

人继续活着

朝着死

---

1 该句引用被称为"青蛙诗人"的草野心平（1903—1988）的诗句，意思为蛙鸣声。

窗
户

微微弯曲的水平线
支撑着无数的积雨云
孩子的小手
指向无名神的隐身之处

窗外七月的午后风景
是一幅无言诗集的插图
被刻在风的手上
是世界这安静微笑

a　要素（内在的）

化石

烟雾剂

上午五时十二分

大腿骨

少年

赛西尔·B. 德米尔

第四十二号街

绳子

克拉纳赫

凤尾草

效劳

（因为厌倦）

海峡

性感缺乏症

印刷

能透视的黑

语言

《可口可乐课程》　思潮社 1980 年

b 要素（外在的）

造纸厂

水

嗨！你好吗？（用英语）

势利眼的定义

白墙

咖啡

毛毛虫（东汉普顿的）

重复署名

邦迪创可贴

美术史——作为观念？

续号

（如果可能什么都不做）

林肯隧道

税务署及交易

黑斑鸫（或许）

酸

静寂

c　资料

· 被称作丰饶女神的雕刻群。双手撑起双乳，所谓"永恒的形象"。

· 维纳斯原本为菜地里的守护神。

· Robert Graves 在《白色女神》（*The White Goddes*）中承认了女性的三个神话身份。第一个，是迷人、不容侵犯的处女狄安娜，她自己狩猎，却从不会被抓到。第二个，是成熟的美女维纳斯，是在地上生子、恋爱和多子的女神。第三个，是赫卡忒，是冥府和死亡，以及吃尽地上万物的食人女神。异教徒诞生、成熟、死灭，在自然界的轮回中，发现这三种女性的特性，也毫不隐讳地继承了自然之母食人种族的一面。（安东尼·利曼／迷路的世界和心之乐园）

d　文体的选择

是

对

是的

就是

哟

啊?

吗

还是

不是

是不是?

即便

大概

就是说

就算是那样

俺

鄙人

你?

e 打招呼的方法

对素未谋面的池田满寿夫怎么打招呼呢?

1 隔着太平洋和北美大陆,向东转着打招呼。

2 隔着亚洲、欧洲、大西洋,向西转着打招呼。

3 把他作为想象中的友人隔着桌子打招呼。

4 从他的著作上把引用剪贴下来,将他自己的语言反馈回去。

Shuntarou Tanikawa

5 全然不去招呼池田，只写关于维纳斯的印象，这太没意思。

6 试图羡慕池田、怀疑池田、让池田吃惊，试图厌倦、重新发现什么、拘泥细节、什么细节都行——或者买一件看看。

7 不正眼看池田，跟别人打招呼。

f 样本

我的本名是维纳斯

我的父亲养过蜜蜂

我喜欢的是大型观览车啊

我倒不是讨厌拍照啊

身体可不撒谎

五岁起就给男孩子看过的

早晨差不多都是番茄汁伏特加酒

从窗户看得见河流啊

墙壁上还挂着版画

有时候会做噩梦

时间在天亮时停止

然后什么都不会发生啦

·《水彩画》编辑部向笔者约稿，为池田满寿夫以美柔汀技法制作的铜版画系列作品维纳斯创作一两首诗歌。这是为诗作准备的计划的一部分。Ca.1975

Shuntarou Tanikawa

何处

1. 天空

一觉醒来，整个天空都铺满了石榴果实。光线透过淡紫色的果粒投注在地上，那样子妙不可言。无数的石榴，一准儿是个个都背负着矿物质的圆光。突然，一个疑问掠过心头：能阐明那圆光存在的理由吗？为此，首先必须探究我们视觉的秘密。即便对其构造加以充分的说明，在如何探究这个问题的背后，也会毫无例外地埋伏着一个颇为孩子气的问题，那就是为什么。我们的心几乎是出于惰性地发出为什么这个疑问，它最终是和那个圆光有关。我们的视觉器官诞生的时候，世界就已经存在了。这实在是令人焦灼的事情，但是万一当时世界尚未存在，那么事情就不是焦灼所能解决的了。

近旁的丛林中飞出一只猿鸟，把长长的白褐色尾巴拍打成螺旋状。我们会感觉到它的表情中有一种和我们的表情甚为相似的愚钝。也许它还没有意识到任何疑问，但是它那伴着独特旋律的鸣叫中，却有着触及我们心灵的东西。猿鸟似乎在想，它能够啄食到石榴的籽粒。它飞去，样子轻松得就像跳到旁边的树上去，但是不论怎么飞升，却依旧无法抵达好像就在眼前的石榴。其实，我也是在猿鸟上升到了看上去像一个石头块般大小的时候才注意到的，但是我们和石榴之间却似乎有着难以测定、充满威严的距离，而最终，猿鸟飞得很高很高，以至于我的视力无法捕捉到它。即便如此，我还是对看不见的猿鸟追踪了良久。如此意识到自己视野的局限，常常会搅起我对作为自己感官的延长的想象力世界的不信任感。对离我视野而去的猿鸟思来想去，总给人一种猥亵暧昧的感觉。无论怎样随意想象，还不都只会受到语言墙壁的阻碍？

到了下午，石榴的籽粒化作骤雨降落下来。屋顶轰鸣。受莫名其妙的好奇心的驱使，我又跑到屋外，想用手接住那些籽粒，可是，它们在我头上就都消失了，剩下的只是飘荡的硼砂的气味。想捕捉到什么的尝试，常常会导致我们肌肉紧张，然而，因紧张而产生的空间的扭曲或许正是那些籽粒消失的原因吧。这么一想，似乎就令人信服了。雨后仰望，发现失去籽粒的石榴果皮正急剧石化、收缩，便全然感觉不到早上那种澎湃的心情了。自己的心情无法预定，所以也就只好接受这种事实。天同石榴一起亮了，又黑了，我在心里这样嘀咕着，不料，却涌上一股情感，类似于感激之情。

2.交媾

经历过几次和针叶树的交媾，但是和羊齿类的交媾却是头一遭。我不知道它的名字。也不想知道。看到它在潮湿的地面上随微风而摇摆的时候，我注意到，即便是没有语言的生物也有某种可谓自我表现的东西。羊齿不同于我们，它一定是没有心灵的，但是它以如此鲜明的姿态生长于斯，这对羊齿来说，不就是它自己吗？以它不同于其他任何植物或动物的形状，羊齿看上去十分孤独，这种孤独无法形容。我不得不用手触摸它的叶子了。

它的触感没有让我做出任何联想。我触摸到羊齿的叶子，这不容我形容什么。当时，除此之外我没有做任何事情，而且，除了意识到自己的器官正与一个不同于自己的个体的器官相互触摸之外，也没有任何想法浮上心头。指尖上只传达出一种平静的简单感受。我不想丢掉这种感觉。指尖依旧触摸着羊齿的叶子，我仰面躺在地上。周围散落着厚厚的落叶，透过这些落叶和与之相接的我的衣服，土壤的潮热温湿传到我臀部的皮肤上。那时，指尖的感觉已经不只在指尖，而是开始流向肉体的深处。那股暖流从指尖经由肩头抵至咽喉，又沿着骨髓直抵小腹，在那里打着漩涡沉淀下来，然后又通过臀部的皮肤流入地面。

而后，羊齿用自己的根须吸入这股暖流，然后让它又从叶尖回到

| 238 |

Shuntarou Tanikawa

我的指尖。于是，羊齿和我之间，就形成了一个回路。感觉的河流看似呈环状静止一般，实则在徐徐加速。我毫不怀疑，促其加速的，只能说是我和羊齿的欲望。我肉体中那个非我的生物，发出无声的大叫：快! 快! 我的指尖触摸着羊齿的叶子，笨拙焦急地褪去下半身衣服。裸露的臀部刚一接触到落叶，羊齿和我想要结合的感觉暖流，就达到了令人晕眩的速度。只是用指尖触摸就已经让人忍不住了。我撩起上衣，半转过身体，用裸露的胸膛压向羊齿。

不知过了多久，令人晕眩的感觉的暖流才平息下来。我抬起身子，小腹上沾满了落叶。我的羊齿，在我的身下被压得粉碎，它的绿却比以前更浓而且更浊了。叶尖的细纹已不再尖利，开始向内侧弯曲。同为生命，我们却是异种。胸部的皮肤有一种令人不快的刺痒蔓延开来。

可口可乐课程

那天早晨，少年了解了语言。当然，他出生后就和常人一样会说话，会写字。作为一个花季少年，他掌握的词汇是偏多的，实际上，他常常巧妙地使用它们来威吓、欺骗、撒娇，有时也用来说点真话，但是仅此而已。而今，他感到仅供使用的语言已经微不足道了。

契机是一件小事。那天早上，他坐在防波堤上，像别人一样垂着双脚悠来荡去。这时，温乎乎的浪花拍打着他赤裸的脚踝。四周没有可以搭话的人，这又是那种不足以与人道的芝麻小事，但是不知怎的，在那一瞬之间，他脑海里同时浮想起"海"和"我"这两个词。

接着他所想的也没有什么可形成语言的东西。于是他让"海"和"我"这两个词茫然地在脑子里像弹球一般碰撞起来。就在这个过程中，奇妙的事情发生了。"海"这个词在脑海中越来越大，从脑袋里溢出来，同眼前的大海突然合而为一，就像两滴水珠合为一体一样。

同时，"我"这个词却是像针尖一样一点点变小变小，但绝没有消失，而是越小越从头脑中向他身体的中心下沉，而且光芒倍增，在和大海融为一体的"海"里漂游，如同一个浮游生物。

这对少年来说是未曾体验过的，但是至少在开始的时候，他没吃惊，也没感到不安。反而，他得意扬扬地脱口而出："果不其然啊！"但他当然也并不冷静。他感到身体的内部涌起一股不属于他自己的强大的力量。

他情不自禁地站起身，嘟囔道："是吗，海就是海啊？"然后，他突然想笑。"是啊，这是海啊！不是海这个名字，是海啊！"如果有朋友在身边，这种独白也许会被付之一笑。这种想法在头脑的角落一闪而过，他再一次嘟囔道："我就是我。我在，在这里。"然后，这一次，他却想哭了。

突然，他感到了恐怖。想让脑子里一片空白。想让"海"和"我"统统消失掉。他想，再浮想起一个词，脑袋就要爆炸了。他感到，所有的语言都成了没有大小没有质感的东西，只要有哪怕一点语言占领了头脑，它就会同世界上其他所有的语言勾结起来，而自己则最终会被世界吞噬而死。

然而，作为那个花季少年的平常状态，他却不曾自己迷失过自己。

不知不觉间，他要打开来防波堤途中买来的正拿在手上的可口可乐罐。但让他感到吃惊的是，却不能打开。因为，瞥一眼手中的易拉罐，他脑子里就袭来了无数的语言群，活像大群的蝗虫。

然而这还不是预期的可怕事态。不能逃跑! 踩住了! 同与年长的高个子少年打架时一样，他选择了超越恐怖的唯一一条道路。手中被涂成红白两色的易拉罐，放射出语言，吸引着语言，生物一般呼吸着。不知是痛苦还是喜悦，他与语言群对抗着。打着旋儿像不祥的雾一样的语言群，也一个个分离开，和熟知的漫画上的单词没什么两样。

这样的战斗，实际上就像在噩梦中，是在一瞬间完成的。即便他在易拉罐的边缘看到了起始于此或终结于此的无限宇宙，他自己也全然没有意识到。如果他列举出自己掌握的所有词汇，把要吞噬自己的来路不明的东西，从一端一路命名过去也是可能的，但是其中也包括还在他的意识底下酣睡的未来的词汇。

一个可以被比喻为未知宇宙生物的语言总体，在被回收为一本辞典的幻影时，他的战斗结束了。海再次回归为叫作海的东西，平静地起伏着。少年打开手中的可口可乐罐，将发泡的暗色液体一口气喝干，咳起来。"可口可乐罐!"他想。瞬间之前，那还是个妖怪。

他没有把空罐像往常一样扔进大海，而是把它踩扁。赤裸的脚多少有些疼痛，但他还是不去理会，一遍遍踩直到把它踩扁。他自己为这种奇妙的经历感到羞愧，不想把它说与人听，也没有什么可从中学习的。自那天起，经过了数十年，当他上了年纪，卧床等死的时候，无端地想起这件事，它也会同其他所有的往事一样早已变质，化作难以把握的一阵风似的东西了，然而也正因如此，它也一定还会刺激不同于即将失去的五感的另一种感觉，威胁他。那个早晨，少年低头看着脚边被踩扁的可口可乐罐，只嘟囔了一句"不可燃垃圾"，仅此而已。

a　组合例

被研磨的大理石和手掌

绢布和脖颈

塑料布和臀部

死者的脸颊和（你的）脸颊

凝固前的水泥和脚掌

八裁日本宣纸、毛笔和手指

垫在重物下的毛毡、紫檀和手

麻绳和腹部

不锈钢和大臼齿

柠檬饼干和脸

他人的嘴唇和睫毛

开始融化的冰淇淋和舌头

腐殖土、水和视线

无花果和上颚

玻璃和干燥的毛发

血液和肛门

微风和上臂

b 拟声词

轻飘飘

唰唰唰

嗖嗖

噗哧

啪嚓

光溜溜

黏糊糊

唏哩噜

扑通

啪吱啪吱

滑溜溜

咯吱

咯唧

咚咚

吱啦吱啦

砰咚

窸窸窣窣

噌——

c　引用

适当刺激　触觉是因轻触皮肤或黏膜表面，以接触点为中心在接触面形成凹面而产生的。

触点　用细物（一般使用马尾毛）轻轻触碰皮肤或黏膜，有的地方会有明显的触觉，有的地方则没有。有明显触觉的地方就叫作触点。触点的密度因身体部位而异，但一般认为，平均为每平方厘米二十五个。

适应　如果以一定的强度加以触摸刺激，开始时产生的触感会渐渐淡薄、消失。

受体　一般认为，相当于在有毛部位将毛根玻璃膜卷曲的被称为毛根终端的器官，或在无毛部位被称为麦斯纳氏小体和梅克尔氏小盘的器官。

——引自平凡社《世界大百科事典》

d　梦

这样的梦儿时常做，现在也是两年做一回。梦见有一块大岩石似的东西，说是岩石，但又不是那种硬质的，而是像橡胶那样有弹性。因为周围没有可比之物，所以无法知道它在哪里，又有多大，但是我胸闷得快要窒息了。我以触觉感受到它的存在，它向我迫近，以至于无法将其视觉化，它就是在这种状态下统治着我。我虽然是在看着它，但眼睛已经不起作用。这委实是一种令人生厌令人恐怖的气氛。我知道自己像细细的针尖在扎它，却完全不是它的对手，我感到它甚至不是物质。一个全然没有内部、没有结构的存在，一个理性也不管用的东西，若无其事地待在那里。自己触摸这样的东西，这本身就让人难以忍受。

e　艾米莉·狄金森

那个人触碰了我，于是我活着知道
被如此原谅的日子
摸到了他的胸膛——

——安藤一郎 译

f　源氏物语·东亭

若能代伊人，与我常相处，
可以作抚物，拂去相思苦。
抚物：驱邪时使用的纸制人形或衣物。用它拂拭身体，能将罪孽、污秽、灾祸拂去，付之流水。

——引自岩波书店《古语辞典》

g　朔太郎风格的箴言

触碰是一个偶然。一丝好奇心，一阵风，让我们触碰到它。然而，触碰不过是触摸的名副其实的前兆。在触摸中，我们才发动自己的意志。对探究的明确意志，对快乐或未知的欲望，驱使着我们。触摸不害怕障碍的禁忌，触摸甚至期待着障碍。表面带有质感的抵抗，才是我们快感的根源。那抵抗是多么让我们对深藏在它内部暗黑的热和力魂牵梦绕啊!

就在这时，我们正体味着英语国民所说的 feel。中国文字的"感"，原意是指心里装着什么，但如果是这样，说"感到"的时候，我们岂不是过于注重自己的皮肤感、脏器感了吗? 旗子在桅杆上飘扬的时候，我们最先 feel 它。手、脸、脚掌，甚至耳目都要比心先 feel 到。皮肤，汗腺，汗毛，眼泪和鼓膜，人的肉体总是先于心灵 feel 的。于是我们知道，心，无非是在表面和表面的接点处成立的一个虚妄。然而，呜呼，这虚妄是多么准确啊!

你

是谁?

不是我

也不是那个人

更不是另一个的那个人

你长着跟我

同样的耳朵

却听着与我不同的声音

你长着跟我一模一样的

十根手指

捕捉着

我捕捉不到的东西

你

你站在

盛夏的烈日下

背对着我

面朝大海

你眺望着远方的

水平线

你的心中

通着一条

《倾听》

福音书馆书店 1982 年

Shuntarou Tanikawa

我从未走过的小路

在我从未见过的城镇里

那条小路上

现在下满了积雪

我从未见过的人

朝着这里奔跑

那个人

朝着你

喊叫着什么

我绝不会知道

那晚

映入你眼帘的

在厨房一隅的

铝锅的光

洒在被炉上面

一封信

寄自大海彼岸

你爱

你也被爱

眼泪

顺着

人的脸颊流下

但我没去看

这一幕

所以我

不是你

即使某一天

你成为

我最好的朋友

即使有一天

你向我诉说

你所有的回忆

你是谁?

另一个人

跟我长着

同样的黑发

用与我十分相似的

一双瞳孔

盯着我看不见的东西

你在笑

牙齿泛着白光

我闭着嘴时

你从我手中

夺走我最喜欢的

布娃娃

你的生命

充满水果糖的味道

如此的近在咫尺

却感觉你无限的

遥远

你以一副外星人的面孔

笑着

为什么

有那样的不同?

你的鼻子

不是我的鼻子

你的嘴巴

也不是我的嘴巴

你的心

不是我的心

你装模作样时

感到疼痛的

不是我

你穿的鞋子

购买于何时何地?

你在黄昏做的是

什么样的梦?

你是

谁?

你踩着的沙子

与我踩着的沙子

相连

你的头上

我的头上

飘着同样的白云

你看到的大海

我看到的大海

都渐渐地变成灰色

尽管如此

现在

在这个瞬间

你和我

想着不同的事情

我

无法成为你

为此过度的伤悲

即使我紧紧地抱着你

不知不觉

我们会因为同一个理由

流泪

你手指的

指纹

也与我的指纹

不同

另一个人和你

是谁?

你走之后

你扔掉的

布娃娃

横倒在

沙子上

然后

我发觉

我已经不再喜欢

那个布娃娃了

你是谁？

对我撒谎的人

嘲笑我的人

让我痛苦的人

我一定也会向你撒谎

我一定也会嘲笑你

也带给你痛苦

我是谁？

对于你

流着同样红色血液的人

说着同样话的人

在遥远的过去

从同样的大海

慢慢进化成的人

虽然如此

不是我的人

你

即使各自走着

不同的路

明天

我

也想见你

你

在哪儿？

Shuntarou Tanikawa

开门

推开透明的门扉

步入微暗的室内

沿墙壁拐弯听自己的跫音

与人邂逅

凝视他皮肤的光泽

不知所措地

所有的这些

都自言自语着流逝

那个速度制造着日子

身边的一切

表面熠熠生辉有形有貌

背后隐藏的东西却不想让人窥见

连六月的晴空也如此

都
市

《日子的地图》 集英社 1982 年

Shuntarou Tanikawa

把受伤的大脑寄放在医院

悠然信步海边

海水碧蓝无意义

沙滩热烫无意义

天空宽阔无意义

棒极了的无意义！

可是只有我

没有变得无意义

赤裸的我意味着海水

意味着沙滩和天空

意味着意味

独独遭到拒绝

在正午明媚的阳光下

只有我是不结果的

种子

可就在这时……

我看见

从医院逃脱出来的我的大脑

开始吞噬大海

摆动无数的褶皱

散发着福尔马林的气味

大脑转眼就吞掉了大海

居然又顺便吃掉了我

何等强大的消化力！

我感觉自己的皮肤

正消融在自己的脑里

我不禁欣喜地呻吟

现在我才自由

从隔绝一切的皮肤容器中渗出

我在我的大脑里

与大海和解

吃掉海水和沙滩

吃掉我和天空

眨眼间就吃光了世界的大脑

在静静地安然休憩

我在我的脑中第一次无意义

消化着无意义的无限世界

脑很快就排出美妙意义的粪便

我可爱的脑

康复得如同熟透的果实

发出传统奶酪般的臭气

宛如做坏了的布丁抖动

似乎对大如宇宙的容积束手无策

正琢磨着移居到别的空间去

你赤裸的脊背挡在我面前

我什么都看不见

相连的脊骨如同漂在海上的浮标

我现在能够勉强攀附的

只有这类比喻

可是，我活在被你的脊背遮挡的国家

躲在你脊背里的人威胁我

电视的语言像冰凉的手指

拨弄我赤裸的心脏

可惜那里已经没有秘密（只有恐惧）

飘浮在宇宙中的幻想地图上

幻想都市的某一处

我强行写下幻想的地址

我就在那里

失去了杂树林的时间

即便如此你依然说爱我

在你遮掩一切的脊背上

语言在一声巨大的叹息中死去

到再一次被置于难以忍受的钝痛中之前

还有些许时间

脊背

背上母亲

发丝间感觉到母亲的呼吸

双手支撑着她的臀部

去卖了母亲

让母亲含着糖块

问她是否会冷

母亲的手指陷入我的肩膀

去卖了母亲

市场里儿孙满堂

天空晴朗得阴沉

卖不出好价

跟母亲互开玩笑

母亲在背上睡着了

她尿了裤子

电车在高架上行驶

还有依依不舍的恋人

穿旧的宇宙服

空空的盒式录音带

《对诗》 书肆山田 1983 年

Shuntarou Tanikawa

与几束野花摆放在市场

谁来买?

去卖了母亲

嗓子喊哑了

双腿累得无力

去卖了母亲

Shuntarou Tanikawa

把什么填入口中呢

橡皮奶嘴　尺八　鸦片烟管

泥水　鱼子酱　霰弹枪

把什么装进空信封呢

曲别针　情书　别人的名片

贝壳　假牙　独角仙

把什么装入布袋中呢

空瓶　幼猫　六法全书

无花果　胡萝卜　脏内衣

把什么填入天空呢

Shuntarou Tanikawa

梨树是真实的
山羊与远山
厚厚的门扉与小鸟的啾鸣
是真实的

但只有我们
不是真实的
掩饰的不安
做作的微笑

在彼此的幻想里憩息
啜饮爱喝的饮料
逃避真实
没完没了地交谈

无法计算
距死亡漫长的时间
从物质到物质
让视线彷徨

梨树是真实的

《信》 集英社 1984年

Shuntarou Tanikawa

搁置在八百年前的石头

以及那石头上的阳光与苍蝇

是真实的

Shuntarou Tanikawa

1

你是音乐
因为我是音痴

2

像蛇一样的你我不认识
像你一样的蛇我见过

3

红非白
黑也非白
所以红和黑十分相似

你这样的三段论法
尽管我在打着盹听
但我喜欢

4

是为了脱掉才穿上呢
还是为了穿上才脱掉?
那些原本透明的东西

Shuntarou Tanikawa

你的臀部十分肥硕

地球不过是你的一把转椅

5

洗衣机在旋转

熨斗正在变热

山芋被烧焦

电视里有人正在接吻

你温柔地坐着不动

仿佛菩萨般神秘

士兵们倒下

火箭飞入云霄

男人们互相议论

历史书被翻开

6

你和扇子

你和树木

你和家鸭

你和蓝宝石

这世上的一切都与你相似

其中只有一个

与你不相似的

那就是

女人

7

想着你的单纯的我的复杂

想着我的复杂的你的单纯

8

先看眼睛——

这样的男人是伪善者

先看胸部——

这样的男人是伪恶家

先看全部——

因目不暇接抱起来看的
是诚实的男人

9
你是钻石
我是碳

10
或者——
你是彩色照片
我是幻灯机
一年到头不停地放映着

颜色的气息

颜色

颜色不会停留，有的颜色是别的颜色的预感和回忆；有的颜色遮掩着别的颜色，或者表露和不断地漂流，互相拒绝着混杂在一起，颜色互相表演，互相乔装。颜色的气息无法命名，尽管不知何时它们渐渐地朝向黎明褪去，但是又一次羞怯继而苏醒，为了生的欢喜。

白色

不是雪白的白色，不是霜的白色，也不是浪的白色，更不是云的白色。不是被涂上的白色，不是没被涂上的白色，不是被漂白的白色，也不是被刮掉的白色，更不是空白的白色。不是耀眼的白色，不是纯洁的白色，也不是最初的白色，更不是终结的白色。而真正的白色是什么?

黑色

黑色。它是空洞的。黑色，它在任何深度里都只是一个表面。照耀黑色的光，被黑色攫取。黑色不会把任何东西返还给我们。而且它吞噬全部，同化为己有。

无论多么渺小，它都是一个黑点，但不是污点。质地是极其坚硬和沉重的，但具备它特质的物质，现在还没有在这片土地上被发现。我们有时只是在噩梦里，能够触摸到真正黑色的一端。黑色，它不是颜色，它是一种存在状态。

红色

红色从黑暗中升起，红色宁愿是黑色的私生子，所以，谁也无法听见它的呼唤。红色朝向光死绝，红色宁愿是白色的供品，所以，那个愿望只是在短暂的一瞬得以实现。

蓝色

无论怎样深深地憧憬、多么强烈地渴望，蓝色都不会到手。如果掬在手里，大海变成淡淡混浊的盐水，如果走近，天空通体透明。鬼火不是也在蓝蓝地燃烧着吗？蓝是遥远的颜色。
走进广袤云雾霭霭的远景，作为纪念品能带回到家里的，大概只会是一棵勿忘草，所以发现它的人，连不能遗忘的事情都忘了。

蕴藏在自己的体内，因为是永恒的蓝色。

黄色

黄色。是劈开时闪烁的物质，是暴露了不知耻辱的物质，是总是难以忍受的呼唤声，是晃眼夺目污垢的溢出，是谁都无法填平的世界裂缝。
目光被吸引，然后在此又被拒绝。一切细节丧失，目光渐次滑行，没有质感的黄色、那灿烂广阔的大地是无边的。

绿色

总有点什么差异，这种绿色。它来自别的世界，突然没有任何预兆地闯进来，充满可怕的生命力，热气腾腾地散发味道。绿色最初蔓延到这颗星球时，我们还没有诞生。这颗星球被绿色密密地覆盖时，我们的一切都是废墟，目光请不要从绿色转移。

棕色

在不断侵蚀黄色或是红色的同时，棕色在一种谐调中是谦逊的。

被顽固的自信支撑着，棕色梦想着所有的一切不久都会回归自己。棕色若无其事地掩饰世界，仿佛什么戏剧性的事情也不会发生，这确实是一个高明的办法，为了从宇宙的恶意中守护住自己。

无可避免地一支旋律接近尾声

谁也无法阻拦

摁在心中的旋律烙印发出肉的腐臭

带你走进记忆深处的牧场

为了感受那吹拂的风此刻正游移在

这里的窗边

你迷失在无数蜿蜒的小径

可结果那是一条缠绕一团的丝线

为能吞食谷物肉类嘴巴被造出时

你的耳朵已经听见了音乐

面对过去探寻不完的黑暗

面对未来凝视不尽的灿烂

你的身躯化作一支旋律

无限伸展舒缓荡漾

耳边的窃窃私语无任何形式

就连布满星云翻卷的真空里

声音仿佛向宇宙献媚似的

一边怜言惜语一边死死纠缠

风呼吸着
在耳边
载着孩子们的声音
让湖面泛起涟漪
风呼吸着

虫子呼吸着
伏在草丛
露出它体内透明的胎儿
眼中映着蓝天
虫子呼吸着

星星呼吸着
在遥远的天际
一刻不停地卷起漩涡
无声地闪烁
星星呼吸着

人呼吸着
孤零零地
吐出痛苦
吸进悲愁
人呼吸着

Shuntarou Tanikawa

使石头和石头相碰

人们向大地传送生命的搏动

你曾是我们的儿子

气息吹入草茎

人们向天空放飞来自远古的憧憬

你曾是他们的门生

不停地拨响数十根琴弦

人们让身心合一

你曾是他们的伙伴

对着溶入雨滴的遥远节奏

对着混进鸟鸣的微弱旋律

倾听

与叹息般吐出的纤弱歌声

与战斗般交汇的激昂歌声

融为一体

1　小泉文夫（1927—1983），日本民族音乐学者。

越过大海跨过草原迷失在森林

沿着交织无尽的音乐之路

一路追寻

你给飘浮在清冷宇宙的小星星

披上音乐的衣衫

让它免受孤寂

然而，如今你仍存在于

大地上所有音乐的源头

和无法回答的缄默里

你初次听到的音乐

就是你最后听到的音乐

你向着无垠的丰盈启程

为了让眼泪肆意洒落

需要勇气

不伪饰软弱而歌

需要坚强

荒唐与谎言

背叛与虚荣

在矛盾和混沌中

发出一种声音

宛如悲鸣响彻整个时代

正因为无可救药

语言之所以为语言

才能自救

从泛黄的照片深处

凝视我们的哀容

青年是时代的伤口

永远无法愈合的伤口

从此处流淌出的歌声

是我们血液的

永不停歇的

乐章

石川啄木 [1]

1　石川啄木（1886—1912），原名石川一，生于岩手县。为日本"明星派"现实主义诗人和歌人。出版有诗集《憧憬》、短歌集《一握砂》《悲伤的玩具》等。

1.窗

在将各色空瓶熔化后重新制造的灰色玻璃的对面，杂草丛生的庭院似的空间扩展开来，可以看到一个老妇人正在练习走钢丝。

2.机械

长年错误尝试的结果，机械已经植物化了。也就是它们都在地下（或海底）深深地扎根，以地热、潮汐、风力、星光、月光、阳光等为能源。不用说，产业废弃物是作为各种昆虫的食粮被消费的。机械发出的声音，发不出树叶簌簌作响以上的音量。

3.孩子们

孩子们高声叫着，闯入横穿山崖的洞穴。他们手里握着类似半月刀的凶器。女孩中还有全裸的，她们的

———————

1 希腊地名，亦指古希腊世外桃源。

肌肉毫不逊色于男孩。

4. 番茄汁

此类饮料并不存在。

5. 悲伤

如果想讲述悲伤，悲伤就会消失。这块土地上谙熟此理的居民，每当受到悲伤的侵袭，就用手掌盛一点盐巴舔舔，然而号啕大哭的人也会受到邻人的祝福。

6. 狗

狗在街上跳来跳去。它们主要是吃掉路上的橡子等树木果实，偶尔也吃一些蚂蚁、飞虫之类的东西。它们不朝人摇尾巴，互相嗅嗅鼻子就很自足，所以它们都没有名字。

7. 振动

大地常常以一小时数赫兹的频率振动。一般认为，人体感知不到的这种振动向天空辐射，形成一种潜在的道德戒律。

8. 气球

用线绑住气球，是以法律的名义禁止的。

9. 公开结婚

不论男性女性，以充分的苦衷和迷惘为代价，走出单婚制，是被默许的。此时，谨慎和幽默，在保持礼节上是不可或缺的。

10. 诗

每个人都期待着在一天任意的时间里，将任意的事件当作诗来冥想。没有义务将其语言化。

11. 信用卡

所有的交易都靠信用卡的回忆进行。

12. 高雅

接近高雅是一种恐怖，然而庸俗也伴随着厌恶。质朴，似乎因其双重意义，成了当地居民的兴趣，但是比如采一枝野花的行为，是不会被正当化，但也不会被禁止的。

13. 尸体

尸体在死后三小时之内被遗弃到广袤的鸟兽保护区内。不许设置墓地、墓碑，悼念死者也会招致多数人的非难，但是，不用实际噪音的音乐演奏却受到推崇。

14. 梳子

梳子有三百种以上的形状和机能，手工生产。

15. 问号

问号的使用极为活跃，多与感叹号并用。

16. 浪漫主义

此词几乎等同于死掉的废词，但是所指的情念本身正因此而多义地统治着大部分居民。

17. 官僚主义

最为官僚化的是乞丐们，他们只接受保持日常生活最低限所需的物品，并执着于将采用的明细输入中央电脑。

18. 情绪 a

在教育的各个领域，情绪的控制受到重视，为此进行相关的身心训练法涉及多种方面，一部分已产生混乱。

19. 情绪 b

所谓现实就是情绪波动的连续，各村的学生们正在信奉这种假说。

20. 泡（啤酒的）

它依然从杯子的边缘白花花地冒出来。

21. 植物人

作为蔑视植物的称呼受到排斥。阻止陷入此种状态的技术从医生处脱手，造就了一群新的圣职人员，但是却不能阻止歧视他们的意识被压制着存在于每个人的心里。

22. 静物

桌上鸦雀无声的静物不再作为绘画的主题，也摆脱了私有。亦即，可以保证，有此希望的人随时都有凝视他人室内静物六小时之内的权利。

23. 星云

抵达某种星云的距离是不可侵犯的，这是天文学家们一致的结论。

24. 衣夹

其精巧的复制品供众人实际使用。

从睡眠到睡眠

爬上窄梯，是库房一样的地方。眼前的地板上，放着一台 A 级轻型动力模型飞机，螺旋桨正轱辘轱辘地转动着（速度慢得无法让机器滑行）。打开库房尽头的门，便是窄小的借宿处。虽然不知道书架前椅子上那个面向对面坐着的人是谁，但我想，不管怎样，应该是和我有着复杂心理关系的女人。

那人回过头。出乎我意料，那竟是我年幼的儿子。我放心了，以骤然明快起来的心情想："啊，我是有孩子的啊。"

上午八时四十五分。

OMEGA Geneve

掀起灰色波浪的湖和清静的旧联合国大厦。

汤匙碰到碗发出的声音无法再现。小鸟们的叫声也无法再现。

那都是当时空气的状态，是一次性的现实存在。

然而，不管怎样，为什么要记录下那时我的耳朵听到的事实呢？

是想陶醉于当时自己心理状态的模糊记忆吗？

是想向谁传达那些一次性的声音，将其作为普遍体验的一部分吗？

是猜测不出对于我以外的人来说那些声音究竟意

味着什么？

就连对我自己来说意味着什么也搞不清楚？

要么，它们是装饰音符般的东西？瞬间的。

至少在我看来，我感到它们在短时间内美得令人难忘，这是为什么？

尽管那些声音对我来说是活着的一部分，虽渺小却的确很重要，但将其记录下来的行为中，某种傲慢和谦虚，却在没有统一逻辑的情况下共存。

对可以被称为神的谦虚。

对他人不幸的傲慢。

于是我注意到，虽然我当时是那样确切地听到了汤匙碰碗的声音和小鸟的叫声，但是现在却彻底丧失了它们。尽管抵达那些声音的无意义或者意义，或许才是我写作的最终目的。尽管如此，我现在心情却很好。虽然我漠然地感觉到，这种好心情，至少是部分地受他人的不幸，或者自己予以否定和嫌恶的外表（正因此非常实际且强有力的）秩序的保护才得以成立的。

USE FRESH BOILING WATER

午后的地铁上偶然坐我对面的陌生人，比如说那个男人，年龄在五十五岁上下，戴着厚厚的近视镜，脸上带着刮胡子时的点点伤痕，从他懒散地半张的嘴角，可以看见两颗金牙。那金牙总让人觉得什么地方与他的身份不符，所以可以推知那个男人的寒酸相。他穿的衣服虽然还算是西装的形状，但那当然是挂出的便宜货，所以从袖口可以看到浆得梆硬的双层袖，扣子是紫色的玻璃球。他读的是他常看的体育报，但从他的表情却无从把握那上面所写的究竟有多少能在他心里产生反应。只有一次，他抬眼看了看站名，顺便目光锐利地瞥了一眼车内，但那目光中却明显表现出了拿在手上一般的、那个男人怠惰且因此在这种怠惰范围内放肆的一生的实情。

你，他人。你唾液的组成和我唾液的组成毫无二致。

10A、125V、？、WH、2012

电线……插销……插座……保险丝……此类物品……电流断路器……电线杆……电瓷……平原……变压器……汗……不过是……变电所……不过是……高压线……其他的……铁塔……雷……看……相同……螺丝……安培……瓦……周……自己都没有意识到……所谓……耐压……发电机……正在做……一杯水量的……水库……小灰蝶……所有的……肚脐……水……阴影部分……钥匙……被殴打……微笑……癌症……最终……脱掉……门柱……倾斜……时而……躺倒……包裹……贝……尾随而至……日期……尚未开化的……航海表……尽管……爱抚……花瓶……至少……跑出……勉强地……非常……发狂……西伯里乌斯式……锁……为难事……血……没有吗……死去……莫如……真正的……徒劳。

往额头上钉钉子。

手掌上钉钉子。肠子上钉钉子。眼睛里钉钉子。心里钉钉子。

田地里钉钉子。花朵上钉钉子。

河流里钉钉子。

钉子上钉钉子。起钉器。

突然，他感到一种疯狂的欲望，想把一切都写呀写呀写尽。如果从早到晚，甚至连吃饭的时间都用来写作，我不就赶超时间了吗？我不就超越自我了吗？从我写字的指尖，到院子里杜鹃的叶尖，即便我的一生终结了，留给只能写作的我的道路不也只有那一条吗？然而在下一个瞬间，他会像白痴一样在那里发呆。要写的事情都会从心中消失，宛若退去的潮汐。他被毛骨悚然的恐怖侵袭。

想把鹿烤了吃

却刮起了风——Vedda

遥远的过去和现在交错在一起。遥远的彼岸和我所在的地方交错在一起。空间和时间互相交织在一起。人和人的关系纠缠在一起。一个类型无止境地增殖下去。一个突然的变异就那么被隐藏着，把它隐秘的力量永远遗传下去。

从"a"到"n"之间，有无数的名称。我的感性憧憬着在瞬间对其全部指名道姓时所产生的沉默。尽管那一时刻就是死亡的时刻。

松鼠在杂木林的枯枝上奔跑，发出轻微的声音，停下，又跑走。"达尔文发现：'美丽有时比战斗胜利更重要。'"如今，阳光从随意聚散的云端出现，被针叶树的叶子割碎，零碎地浸透在大气中。

我不再重新写什么了，而是努力要找出已经写过的东西。

板墙的木纹。用旧的桌子。用可口可乐空罐做的烟灰缸。麦秸帽子。窗玻璃。门槛。壁橱。坐垫。在这些单词中突然镶进勇气这个词会怎么样？虽然我知道在这个语境中它不起什么作用，但我还是这么写了。因为我清楚地知道自己是个胆小鬼。而且，我也知道那个词是我们人类的语言。我还知道这个日语词可以换成英语的 courage。我知道，它不做任何说明，但就像某种结石一样，（不是在辞典中）会在我心中继续存在下去。

二十二摄氏度。

于群马县北轻井泽。一九六九·八·X

五只长腿蜘蛛聚在洗澡间潮湿的板壁上，摇晃着身体。这是求爱的行为吗？如果是，哪只是公哪只是母呢？其中的一只，过于激烈地把它细长的腿上下晃动，以至于能清楚地听见它那红豆大小的身体碰撞到板壁上发出的有节奏的声音。

这种形体让人可怕的生物，也让人觉得十分可怜。它们究竟怎样认识对方呢？是眼睛能看见？还是只用它那长长的触角触摸呢？不是有必要再稍微了解一下它们吗？不是像昆虫学家那样了解它们的习性、机能，而是作为某种邻居。

我难道不应该写写它们吗？写它们和写几行没有自信的诗，究竟哪个更重要些？说实话，一生中只为写它们而活着，也是可能的。还有洗脸池中打着旋被吸到排水管里去的水。我并不是把它作为我现在写到这里的非常有限的语言看待的。洗脸池是白色的，光滑的，形状当然是被精密的三面图表示得精确到了一定程度，但实际上，洗脸池已经是一个不过与三面图有着某种关系的另外一个物件了。它因作为物出现在眼前，而与这个世界的过去现在未来的所有的物、现象有所关联，因而，即便是现在，外观上我也会斩钉截铁地叫它洗脸池，它在某种意义上不过是指来路不明的东西的机能性的一面。至少，洗脸池这几个文字，有更模糊的轮廓就好了。是的。就像混账北守将军宋巴犹[1]那样。

关于水，我瞬间的思念，甚至凭依如此无尽无休的语言浪费都无法获得平衡。尽管如此，我还是无言地凝视洗脸池中打旋的水。对我来说，要说语言是不是无用的，倒也绝非如此。当然，如果没有语言，我甚至看到它都没可能。即便我心里全然不浮现出洗脸池、水、漩涡之类的语言，比起手感的凉和映入眼帘的透明般的感觉，我和它们也会被更抽象的语言联结在一起，被赋予一个结构的。

水是一种恩宠。我这样说。我这样写。

w……w……wa……a……a……te……r……water……water——！

博士符号　尼龙牙刷。

晚安（真讨厌，这铅字！）

Do not go gentle into that good night……

1　北守将军宋巴犹为宫泽贤治的童话《北守将军和医生三兄弟》里的主人公。

什么
在问及什么之前的
什么
辽阔麦田对面的
蓝色深渊深处的
好像一缕筋脉的
巨大的岩石
在一瞬间远去
压在胸膛上的
是雨吗?
……

Shuntarou Tanikawa

第一具尸体倒竖起纸捻的头发

瞪圆鹌鹑蛋的眼睛

从仓房后的水坑中站起身

"钻过我阴门的人啊回去吧

我会永远等着你"

她对我说道。

第二具尸体在天蓝色静脉的枝头

缀满淤血的葡萄

在青草的热气中摇曳

"为什么不来收获我呢

看啊你手握的大镰刀"

她对我说道。

第三具尸体竖起蜡耳朵

翕动着合成树脂的鼻子

溶化在煤气炉的火焰中

"问我好了

别忘了我知道答案"

她对我说道。

第四具尸体垂着五颜六色的管子

扫墓

透视着自己的大脑

从医院白色床单的泡沫中出生

"我无数次苏醒

因为我是你最终的幻影"

她对我说道。

第五具尸体使陶器的肤色黯淡

微微张开涂着口红的嘴唇

沾满玩偶店的尘埃

"我是赝品

向我祈祷去获得安乐吧"

她对我说道。

第六具尸体业已化作歌唱的骸骨

手持胎死腹中的婴儿头骨的响葫芦

混迹于狂欢节的喧闹

"赞美我吧

在我面前任何骂人的话都将成为诗篇"

她对我说道。

第七具尸体裸露出贝肉的脏器

僵直起盖满鳞片的手指

从纠缠一团的海藻间浮起
"我潜伏在所有的地方
连尚未出生的胎儿都是我的邻居"
她对我说道。

第八具尸体吐出铜绿色的气息
痉挛着化成了灰的不随意肌
从都市的天空飘落
"谁来埋葬我
想用假惺惺的眼泪欺骗我吗？"
她对我说道。

第九具尸体让腹部长出茂密的寄生植物
在空中微微拂动无数的毛根
波动在平静水面的涟漪中
"别害怕看着我吧
我就是你"
她对我说道。

而第十具尸体
在哪儿都未曾发现
鸟啄雨淋

风吹星照

在祭奠者们离去的现在

留下的只是语言开始腐朽的棺椁

石墙

石墙从枯树的根部开始延伸

女人将冻伤的手藏进围裙

眺望微微起伏的丘陵对面

嫉妒在男人溺死以后也未曾散尽

石墙从枯树的根部开始延伸

没有项圈的狗涉水渡河

远处一缕青烟升向天边

商贩站着撒尿尿了很长时间

石墙从枯树的根部开始延伸

没人记得它是何时砌成的

人在梦里被杀戮了好几次

却不见血的颜色出现

石墙从枯树的根部开始延伸

向荨麻丛中坍塌

鳞片闪着金褐色光泽的小蛇

正扭动腰身蜕皮

Shuntarou Tanikawa

石墙从枯树的根部开始延伸

老人大声地自言自语

看似重复的一切

都已经无可挽回

石墙从枯树的根部开始延伸

照片上有个幼童

用颦蹙的哭相

凝视自己尚无法看见的坟茔

石墙从枯树的根部开始延伸

青年突然想起那个细节

甜滋滋的香料味飘进窗户

他慢慢挨近熟睡的女人

石墙从枯树的根部开始延伸

负伤的士兵在喘息

不知是他背叛了谁还是谁背叛了他

只是朝太阳落山的方向逃窜

石墙从枯树的根部开始延伸

身着黑丧服的队列蜿蜒不绝

丧礼的样式

将其源头混进远古的黑暗

石墙从枯树的根部开始延伸

苍白的乳房裸露出来

透明的乳汁从乳头滴落

宛如叫喊的摇篮曲被笑声打断

石墙从枯树的根部开始延伸

蜗牛在上面留下银色的轨迹

午后被关在厚书里的喋喋不休

什么也呼不出什么也唤不起

石墙从枯树的根部开始延伸

少女一心想着复仇

握紧青草的手掌微微出汗

微风无声地触动着她的披发

石墙从枯树的根部开始延伸

侏儒小跑着追逐蝴蝶

盯着这样的屏幕构图

导演忆起少年的臀部

石墙从枯树的根部开始延伸

鹰鹫在高空盘旋

倾斜的路标上字迹一天天淡去

却还标示着通往大海的道路

石墙从枯树的根部开始延伸

男人粗暴地将不安分的左手伸进

倚墙而立的女人的裙裾

右手的指间还夹着点燃的香烟

石墙从枯树的根部开始延伸

下面有一只死掉的野兔

仿佛被供奉在祭坛

它想活着却又在此咽气魂散

石墙从枯树的根部开始延伸
长满青苔的石间潜伏着蜘蛛
那番情景无人入眼
丘陵上人们的舞蹈则可以望见

石墙从枯树的根部开始延伸

1 月 17 日

拧开水龙头水就会流出来
可以说是有关时间和空间的
复杂因果链的一个结合点
所以呢?

《诗歌日历》　玛多拉出版 1984 年

1 月 28 日

用一行写其他的可以省略
用一行写其他的可以省略
用一行写其他的可以省略
用一行写

2 月 12 日

极其酸
那个
极其酸

Shuntarou Tanikawa

除了酸之外

这个世界酸得不存在

3月13日

无论是文字还是发音符号

都响起了无法书写的人声

这种声音反射到天花板

通过隔扇衰减

变成虚幻的声纹被时间注册

5月6日

蓝天上透着无数的星星

左右对称的馆立在原野尽头

世界在不知不觉中结束了

夹在小小的情感中

没有任何意图

7月23日

像大海一样巨大的感情
就连大海本身
也无法带来

10月6日

鲸鱼很大
我很小
这种暧昧前提的思考
我恨
谁有必要明说

11月2日

夜晚，蚂蚱的亡灵跳过
黄瓜的幽灵在地里随风摇曳

缓缓地

缓缓地

你最好从覆盖着灰色茸毛般青草的山丘上

滚落

我等着呢

几个世纪间

嘴里哼着变来变去的流行歌

时而为重度痢疾烦恼

*

蒙布里

你的小马驹跑到哪里去了

我在涂过蜡的平滑地板上

跳华尔兹的时候

一切都属于这个世界吧

就连我又爱又恨的

那些圣人们

都生活在死前的瞬间

咀嚼稻草

被铁制的箭头穿透侧腹

《忧郁顺流而下》 思潮社 1988 年

*

一天不缺地记日记

这样自成一个故事

实在难以忍受

我卧室的书架上

藏着淫亵的录音带

*

和水有缘的

都是我留恋的对象

所以水盘上的喜鹊是我的姐妹

从水龙头落下的水滴

穿透我的灵魂

尽管我还没有见到过大海

*

投进去吧，投进去就行

铺着木板嘎吱作响的走廊今天也在窃窃私语

用死去多年的母亲的声音

把什么，投到哪儿?

不

就是这样发问也无济于事

如果要投就把一切都投进去

如果要投就投到我的肚子里去

*

无所事事

朱丽安

想看看你给我的明信片

眼睛的焦点却对不准

直接坐到椅子上

自己对自己说"好吧"

然后永远坐在椅子上

有这样的事吗?

孩提时

我是那么喜欢跟你恶作剧

*

在令人怀念的和声中藏身的东西啊

快显形吧

曾经在青草的热气中

我认识了未知物

什么时候未来变成了过去
玩具不知不觉变成了工具
工具又从手中滑落
我想徒手抓住虚空
不是在摇篮曲的旋律中
而是在和声中把身体折了几折的东西啊
告诉我你的秘密

*

蹲在我鼓起的裙子里
那温暖的微暗中
在我读着窗外春天第一棵水仙的时候
你热心地读着爱德华·吉本

那么我们比一下彼此的知识吧
远处布谷鸟在叫
在梦中的散步路上

打开东西两扇窗……夜色中

空气……蹑手蹑脚溜进屋

悄悄窥视室内……又

仿佛溜走……

是带来了什么……还是

拿走了什么……无从得知……

   *

炎日下的木工厂空无一人……

可曾有人……一直注视着那里

青虫想攀缘到小石块上去

雨无声地飘洒……从某一天的从前

身体僵冻的可怕的……从前

从语言的从前……

有人知道……

那里……依旧只是那里

   *

纵使眼望着重叠的绿

纵使耳听着链锯的轰鸣

纵使鼻子嗅着厚厚的周日版报纸的气味

忧郁顺流而下

可我觉得自己……只有内心

于是一切都被分类，被变形……被梦见……

与世界相似又迥然不同的……明亮中

射进一道真实的暗影

　　　*

还不知道……想……要什么

就触痛了想要的……心情

为目睹地层下的东西

　　……挖土掘地

埋葬了死去的狗

　　　*

即使……有语言

蝴蝶……也不会对人搭话……

但是蝴蝶踟蹰着……将人

诱向词语……

从一个词语……那个词语深处的……

抵达另一个词语……再抵达那个词语更深处的

……词语……永无止境地

新铺的宽道在长满枯草的土丘前

戛然截断

那对面也许……

小丑儿正敲打着手鼓

而他……

已经有了上小学的女儿

多亏那些数不清的晴空，人类才能走到今天。

宇宙没有任何善意，但也没有恶意。

只有巨大的空白，在角角落落布满了纹理……

电线杆呈电线杆状

若无其事地伫立着

伫立是美丽的

因为世界无论怎样变，电线杆都不予理会

此光景甚至让人感到幽默

"渡海而来的商人，将目光从王妃的阴部移开。他的视线投向饰在
王妃长脖颈上的金链，他的耳朵倾听着僧侣们的窃窃私语。对于

潜藏在平静里的东西，国王无比憎恨"

  *

男人将刮净胡须温和的笑脸转向婴儿，转向窗外的运河，然后再
转向婴儿。他可曾意识到，不知不觉间，有人在诅咒他称颂的
东西。

感情与感情的斗争在沉默中进行。

  *

因为没长鳞，所以人不善于爬行
只能在心里模仿蛇敏捷的行动

人不伸舌头，用双脚站立
然后下蹲……
尔后……躺下

  *

孩子们的合唱声带着阳光的气味
一瞬之间就溶进了空气

留下的不是旋律
……而是微暖的气息
在大人们的眼前浮起
绝对无法触摸的感情全息图……

*

空气毫不害羞地烧红了脸……

音乐总是结束

要是结束还不如不开始的好

如同女人那个时候的声音

小提琴一步步爬上沙哑的高音

由于再也无法听见那个声音……静寂消失

耳朵将无边地饥渴

*

眼前的木板墙上浮现出一张面孔……

小眼……弯鼻……歪嘴……

哭、怒与笑

都是一副模样

时间的纤维……编织的面孔……

*

明天一无所知

除了自己的死亡

正是那死亡，也无法预知是怎么死法

昨天已经忘却
只剩下恰当的解释

只有今天，眼前
因你的愁眉苦脸而生辉
紧蹙的眉宇与蓬乱的头发
宣告着变异的心境
今天，仍保持着
一个痛苦的形状

　　　　＊

感情什么也不学，也不积累什么
而理性却……学过了头

春天就要来临
现在心沉睡着……尝试自己的力气

　　　　＊

不苟言笑的正义，比窃笑的邪恶还可怕。
只有会笑，人才能活下去。

如果微笑难为情，那就在苦笑中咽气好了。

     *

黄昏……家家户户变得安静

围墙里面……没有任何思想的痕迹……

就连无缘无故膨胀着滋生的欲望

此刻，屏住呼吸……

为了向着明天把今天度过

……在紧闭的门内

女人正从白塑料袋里……取出魔芋

     *

懒得醒来

懒得追忆梦境

让目光游弋于树木的葱茏

向天空吐出半生不死的气息

懒得吃饭

懒得阅读信函

看见行人

竟不自觉地要转移视线

懒得听音乐

懒得解大便

虽然懒得做却又写下这个懒

人也真是离奇

　　　＊

打上"utu"的一瞬

就会出现……"鬱"字

不用再为笔顺犯愁

笔势之风住了

被囚禁在文字的栅栏里……

但还是想读

沿着格子踱来踱去的

足迹的磕绊

　　　＊

……此时此地的忧郁

无论如何也不能忘却……

然而若没有此种情感……世界就会变得看不见

随风摇曳的树木是一个巨大的群落

擦肩而过的女人面孔……

一切知识……是单调和沉闷的

表面上语言像水珠一样被弹回来

*

语言……不过是一个出口
那对面没有人影的午后沙滩
仿佛要无边地扩展
充满恶意狞笑的脸想要窥视……
只要出去……就能数出岁月

像胎儿一样团着身体……等待着语言
不知从何而来的语言
在羊水的宇宙里漂浮……
语言……不过是一个入口

*

书籍是语言的藏身之处。只要打开书页，即使无法启齿的语言，也会厚颜无耻地列着队大声高喊，也会毫无羞色地扭着身子跟你耳语。语言像病毒一样不断地侵扰人类，连沉默的抗体也已经不顶用场。书籍是潘多拉的盒子，但现在合起书页为时已晚。人被语言榨取了灵魂，难道不是像行尸走肉一样无家可归，四处游荡吗？

*

乳房……知道得更多
比握住它的手……

比盯着它的眼……

也比因过度悲伤而停止跳动的
……心脏知道得更多
更多……

     *

机器哟转动起来
豆粒大的机器无声
宛如小山般的机器轰鸣
让机器彻夜无眠地劳动

请给我造出取代人类萎缩手脚的
更崭新的机器
请给我取代人类迷蒙的眼
梦见一个炫目的未来
请给我取代人类呆滞的头脑
把无限计算开

机器哟请你无休止地转下去
让疲惫的人类歇息
在人类死绝以后也不要停止
有一天，请给我诞生一个

熠熠生辉的婴孩

    *

一只蹦跳的猫崽
在想象力中锈迹斑斑

一朵盛开的水仙枯萎
而心中却开放着无数朵花

一切不可替代的东西
都被语言和影像复制……

地球经营着夺目的明信片
礼品店里热闹非凡

    *

诗歌哪怕是一瞬
它触摸过那片嫩叶的叶尖吗……
可是，如果触摸过了……也许会枯萎
尽管诗歌……
是连小孩手指般的暴力都不会施加的

    *

……为了写
而体验不写……

Shuntarou Tanikawa

为了……写

再从头开始……

记住写法

学校里空无……一人

阳光照射在

粗糙的木地板上……

只有远方……隐隐约约地传来

你的声音……

家

诗人待在家里

俯卧在坐垫上

在纸上写着什么

在榻榻米和边框之间

有一些脱落的头发

衣柜的里侧

棉尘在暗中飞舞

家里偶尔会发出可怕的尖利声响

便器里倒流出

茶色的水

锛子是一种小斧

这个家没有锛子

没有用惯的笨钝闪亮的锛子

即便有也没有可砍伐的树木

没有可杀死的遗产继承人

诗人在写什么

到底在向谁……

Shuntarou Tanikawa

戴着帽子的

黑熊们问着早安

遥远往昔的

英国村庄

你在窗外

向我微笑

在草地上

奔跑

被安静的雨

濡湿

真的

知道吗

据说只有蟾蜍居住的

城镇

蔷薇花

转瞬间枯萎

你小时候玩耍过的

总是在沙地上

看家

你爱的人

说你

长得跟谁

都不像

祖父的遗物只有一卷春画

忘记了藏在哪儿

家像摇篮一样开始摇动

一边想着急救袋里冰糖的甘甜

诗人发呆地听命于摇动的大地

花三题

《灵魂的最美味之处》 三丽鸥出版社 1990年

摘了花的士兵

才发现并不知道花名

将花夹在写给家乡恋人的信里

信中写道希望告知花名

回信来了

原来是人人皆知的常见花名

就在这时，一颗子弹

穿透了士兵的太阳穴

少女把一小束野花高举过头顶

奔跑在荒野里

能想起的只有这个情景……

可正因为这个情景

男人打消了死亡的念头

外面的雪飘落不停

刚出生的婴儿

那模糊渐明的视野里映照着

母亲的乳房和对面

窗边的一枝玫瑰

Shuntarou Tanikawa

赠给你

火熊熊燃烧的印象

火诞生于太阳

照耀原始的黑暗

火温暖漫长的冬季

在节日的夏季燃烧

火在所有的国家焚烧城堡

把圣人和盗贼处以烤刑

火变成朝向和平的火把

变成战斗的狼烟

火洗净罪恶

又变成罪恶

火是恐怖

是希望

火熊熊燃烧

辉煌烁烁

——赠给你

这种火的印象

赠给你

水流淌不息的印象

水诞生于叶片上的一滴露珠

捕获闪耀的太阳

水滋润濒临死亡野兽的喉咙

怀抱鱼子

水唱着小溪的歌

坚持不懈地削割岩石

水漂起孩子们的竹叶船

随后让那个孩子溺水

水转动水车转动涡轮

吞下所有的污垢映照天空

水弥漫四溢

水决堤冲垮家园

水是咒骂

是恩惠

水流淌

水深深渗进地下

——赠给你

这种水的印象

赠给你

人继续活下去的印象

人诞生于宇宙虚无的正中央

被层层谜团包围

人在岩石上刻下自己的风采

憧憬遥远的地平线

人相互伤害相互杀戮

一边哭泣一边追求美

人对任何小事都感到惊讶

马上厌倦

人绘着朴素的画

像雷鸣一样高歌

人是一瞬

是永恒

人活着

人在内心深处继续相爱

——赠给你

这种人的印象

赠给你

火与水与人的

充满矛盾的未来形象

不赠你回答

只赠你一个提问

上帝赐予大地、水和太阳

大地、水和太阳赐予苹果树

苹果树赐予鲜红的苹果

那个苹果你给了我

捧在柔软的双手中

与世界之初的

曙光一起

即使一言不语

你也给了我今天

给了我不会失去的时光

给了我让苹果长出的人们的微笑和歌声

说不定悲伤

也隐藏在扩展于我们上方的蓝天中

抗拒一切毫无目的

然后你自己在不经意间也给了我

你灵魂的最美味之处

谁都无法命名

你的名字就是你

世上的一切迸发成漩涡

注入你温柔的体内

连同我幼稚的眼泪和开始融化的冰河

名字

《致女人》 杂志书房出版社 1991 年

Shuntarou Tanikawa

回声

声音绕道而行

在呼唤你之前声音呼唤了沉落的夕阳

呼唤了森林呼唤了大海呼唤了人名

可是现在我明白

返来的回声全都是你的声音

手指

手指总不肯停止冒险

宛如堂吉诃德

从腹部的平原远征到脐部的盆地

越过森林的界限向着火山口突进

电话

你一沉默时间就凝固

夹杂在你的呼吸声中的

可以听到远处其他人的笑声

我漂浮在救生索的电话线里

你一旦切断……

我便无处可归

你说
真不知道笑着还能做
唇很忙
往来于乳房和大腿间
趁空还要发出些语言

正在死去的士兵们
任沙子吸尽血迹
我们在此拥抱
即使被此刻炫目的光灼烧
一瞬化作白骨也无怨无悔
我们相爱是如此的远离正义

唇

你吞下我的尾巴

我咬住你的尾巴

我们是盘成圈的两条蛇无法动弹

永远不知道圈起来的环里是什么

蛇

汗流浃背爬上斜坡

草香扑鼻

那里有粗陋的岩石

我们坐在岩石上看海

或许我们就会以岩石为冠冕相爱

以地之身以泥之眼以水之舌

墓

心脏

那不过是小小的泵
却开始不停刻画朝向未来的时刻
那既不是华尔兹也非波莱罗
但每一拍都向着我的喜悦贴近

死

我变成了火
燃烧着凝视你
我的骨头白又轻
也许会在你的舌头上融化吧
像海洛因一样

无法赠予任何人

诗歌与领带不同

因为不能私有

语言从被写下的瞬间既不属于我

也不属于你，而是大家的

不论搁下多么美妙的献词

不论点缀着多么个人化的记忆

也许都无法把诗从人们眼中藏起

因为它甚至不属于写下它的诗人

所以诗才有可能属于任何人

尽管世界并非谁之所有

就像同属于所有人的共有物一样

诗化作微风游历人间

又变成闪电刹那间照亮真实的面孔

纵使在技巧上下功夫

偷偷隐去情人的名字

诗人的意愿也总是徘徊在意义的彼岸

甚至无法把诗封存在自己的诗集

赠诗

就像赠空气

如果是这样我倒希望

那空气就是从恋人的唇齿间

《关于赠诗》 集英社 1991 年

悄然散落的东西
不再是语言也已经不是语言
那魂魄的交感正是我们
持久的渴念
就这样语言重叠着语言

树对谁都不客气

指着天空让枝叶繁茂

让花朵绽开让果实落下

一年年增添年轮

到人死后仍长生不老

树在遥远的未来仿佛变成白骨

因为它是难以枯萎的东西

树决不疏忽大意

它的根在地下紧紧抓着

我们的灵魂不松开

它的嫩叶千百次地剪碎闪烁的阳光

让恋人们陶醉

它的枝干以粗鲁的表情

对一切暴君的历史漠不关心

而且它的树荫说不定在哪个年代

会让羁旅者梦见天堂

树以它的绿色

让我们的目光遨游彼岸

那廓开的枝干

拥抱我们喧嚣的未来

那叶片的沙沙声

Shuntarou Tanikawa

向我们的耳朵低声细语永恒的贴心话

因为树是谁都无法抗拒的诱惑者
我们不得不畏惧它
因为树比人类更接近神
我们不得不向它祈祷

水

在沉淀物的深处
有漂流而去的物质
在灌满东西的底层
好像有什么要溢出

清澈的水
一夜间浑浊
无形的漂流物
变成水点滴落

掬起的一杯水里
映现着我们一生的全部
那刺眼的光
和那切肤般的凄冷

Shuntarou Tanikawa

树

看得见憧憬天空的树梢
却看不见隐藏在土地里的根
步步逼近地生长
根仿佛要紧紧抓住
浮动在真空里的天体
那贪婪的指爪看不见

一生只是为了停留在一个地方
根继续在寻找着什么呢
在繁枝小鸟的歌唱间
在叶片的随风摇曳间
在大地灰暗的深处
它们彼此纠缠在一起

Shuntarou Tanikawa

火

请给我火给我火

声音来自黑暗深处

请给我火因为火明亮

照耀藤枝交错下背光处野兽的路

那同样的火——

灼烫人眼

请给我火给我火

声音来自冰层下

请给我火因为火温暖

让苍白的脸颊重返红润

那同样的火——

焚烧人骨

有生以来初次划亮火柴

线香烟火瞬间闪烁

黯淡的庙堂里烛光跳动

裂开的银杏芳香弥漫

煮熟的蓝莓果酱的颜色

燃尽的篝火里残留的炭火通红

火早已随处可见

一百日元的打火机和奥运火炬

护摩 [1] 和凝固汽油

熔炉和针灸

火在黎明烤面包

在傍晚将面包店故乡的街道烧成灰烬

请给我火给我火

声音来自远古的洞穴

请给我火趁它还没有熄灭

奔跑和蹲伏的野兽浮现石壁

那同样的火——

现在我也双手擎举

---

1 指佛教中用火焚烧护摩树的仪式。火代表智慧和真理，树象征烦恼和灾难。

请允许我们看

然后为看到的东西命名

沉湎于形浸淫于色

对那至上的美丽

对想要把一切当作幻觉的我们

请允许我们再看一次

请饶恕我们已经看了

超越赋予眼睛的极限

毫不畏惧揭露秘密

忘记有一天会为此下跪

对于自己创造出一瞬的闪光

请饶恕将要变得盲目的我们

光

Shuntarou Tanikawa

多么的痛啊   地
被痛打被剜割
被撕裂被削落
地获得自己的面貌

多么的痛啊
没有人可以
诉说那面貌
让我们孕育一切情感

多么的痛啊
不允许任何私语
亿万年的过去亿万年的未来
都存在于这里

Shuntarou Tanikawa

父父在九十四岁零四个月时死去。

死的前一天去了理发店。

那天半夜在床上将腹中之物排泄得一干二净。

黎明时分我们被护理员唤过去的时候，他张着摘去假牙的嘴巴，面色如同带着能面[1]的老翁，他已经死了。

脸虽然冰凉手脚却还温热。

鼻孔里口里肛门里什么也没有流出，身体干净得无须擦拭。

人死在自己家里会被认为是非自然死，所以我们叫来了救护车。运送途中和到医院以后还戴了吸氧面罩，做了心脏按压。我们看着实在荒唐，就请他们停了下来。把遗体从医院领回了家。

我的儿子和与我同居的女人的儿子一起收拾了房间。

来了三个法医。验尸报告上的死亡时间比实际时间晚了几个小时。

来客络绎不绝。

唁电接连而至。

花篮陆续到达。

我分居的妻子来了。我在二楼和女人吵了架。

渐渐忙起来，忙得不知所措。

《不谙世故》 思潮社1993年

1　日本传统戏剧"能"表演中所带的面具。

入夜后像孩子一样号啕大哭的男人从门口踉跄而入。

"老师不在了啊，老师不在了啊"，那男子哭喊道。

这个来自诹访的男子哭喊着"还有电车吗，没有了吧，我要回去"回去了。

天皇和皇后寄来了一笔丧葬费。封袋上盖着现金叁万日元的橡皮印章。

来自天皇的是瑞宝一等勋章[1]。勋章有三个，略章[2]活像干瘪的小柠檬片。家父倒是常用柠檬片搓洗干裂的脚底板。

来自总理大臣的从三位[3]。这倒是没有带来别的，但是却来了很多贩卖勋章勋位装饰画框的广告。

家父曾是美男子，我想应该很适合佩带勋章。

殡仪馆的人说所有葬礼中最讲究的要数食葬[4]。

我想家父清癯也只能做顿汤而已。

睡眠中，死

用它那敏捷无声的手

---

1 瑞宝一等勋章：是对社会和公共事业等做出特殊贡献者的最高奖赏，勋章分一至八等。

2 略章：略式的勋章、纪念章。

3 来自日本总理大臣的一种奖励名称。

4 为日本过去的一种埋葬仪式。

拂去所有活着的细节
我们在供于祭坛的花束枯萎之前的
废话连篇地
将短暂的时间说完

死是未知之物
未知之物没有细节
这一点像诗
死和诗都常常概括出生命
而活着的人，比起概括
更喜爱神秘的细节

丧主致辞
一九八九年十月十六日于北镰仓东庆寺

祭坛上悬挂的家父彻三、家母多喜子的照片，五年前家母离世后家父就一直置于身边。不光是照片，家母的遗骨家父也不曾离手。这是家父对家母的爱情表现，抑或不过是单纯的懒散，作为儿子的我也不得而知。今天破例，经法师允许，我们放上了家父家母俩人的遗骨。依照父亲生前的意愿，母亲的葬礼举办得极为隐秘。所以我想，家母的诸位生前友人，今天可以共同向家父家母告别了。

作为儿子的我看来，家父是一个终生以自我为中心的人，或许也曾有缘此而来的孤独，但是我想是不是可以说，他幸运且幸福地尽享了天年。今天，各位在百忙之中前来送殡，不尽感激。

那是杉并[1]的老房子翻修改建前的事。我在浴室刷洗生锈的金属烟灰缸时，当时六十多岁的父亲走进来，黑色和服外面罩了一件褂子，他说那个用砖做的洗衣篮，和从前的一模一样，好极了。因为洗手后擦手用的毛巾挂在离浴室很远的对面角落的毛巾架上，我就想，得把毛巾架移到靠近洗脸台的地方。父亲问没什么不对劲吧，我说没什么。当时的心情和面对一个月前的父亲的心情是一样的。画面急速拉开，从庭院看到原来伯母的房子的瞬间，意识到父亲已经死了，便在梦中伤心而泣。醒来，却不晓得是不是真的落了泪。

1　指位于东京都杉并区诗人的家。

自己的脚尖看得很远
五根脚指头像五个素不相识的人
疏远地靠在一起

床头上的电话接连着世间
却没有想说话的人
我的人生从懂事起就有做不完的事
父亲母亲都没教过我拉家常

只靠分行连续写了四十年
如果被问你究竟是谁，回答是诗人最令我放心
这是多么奇怪
抛弃女人时我是诗人吗？
吃着喜欢的烤红薯时我是诗人吗？
头发快掉完的我是诗人吗？
这样的中年男性不是诗人也比比皆是

我只是追赶异常美丽的语言蝴蝶的
不谙世故的孩子
那三个孩子的灵魂
带着意识不到伤害过别人的天真
活向百岁

诗歌
真是滑稽

不谙世故

Shuntarou Tanikawa

旧收音机里传出微弱的人声
那声音好像是
旧收音机尚新且买不到手时的
少年时的我自己的声音

旧收音机讲述着正在发生的事情
但声音却好像是从过去传来的
熟悉的信号衰减熟悉的杂音
用旁观者淡淡的音调播送着战果

调谐度盘微微发热闪亮
收音机只专注于捕捉遥远的声音
它现在仍让情绪亢奋
无人指责的好技术

然而我却不能用这样的声音说话
甚至把最亲近的人逼得失语
我曾用收音机的声音小声说过
不要意识到自己隐藏的恶

旧收音机

Shuntarou Tanikawa

有时候会回头读以前写下的诗

并不去想教科书所说的"当时是怎样的心情"

因为写诗时的心情只是想写诗

我知道即便我写了我悲伤

当时我也不见得真的悲伤过

很难批判性地去阅读自己的诗

即使开始遗忘诗也不会属于别人

然而又不完全属于自己

这是一种不知该怎样负责任

悬在半空的奇妙心情

有时候会在不知不觉间被自己的诗感动

诗煽起人们潜藏的抒情

几乎可谓厚颜无耻地

索尔·贝洛[1]好像说过

"文学最重要的原始目的之一

就是要提起道德问题"

1　索尔·贝洛（Saul Bellow, 1915—2005），美国小说家、剧作家，1976年诺贝尔文学奖获得者。

诗无意间指向的真理与小说不同
比起持续的时间它不是更属于瞬间吗?

然而，重读自己以前的诗常会想
这么写可不行
因为一天可不是只用一抹晚霞就能维持的
而且只是伫立在它的面前也是活不下去的
也不管它有多么的美丽

即便并不令人满意，如果有三言两语

从了无一物的地方化合物般成形我就会心神安宁

尽管有时会想，现在才说出也为时已晚

有时也会想，说出的还不是差三落四荒诞无稽

不知是谁，从我在的大楼二十八层窗口扔出一架纸飞机

它几乎像一张纸条儿被风摆弄

落进路对面警察署的停车场

时而还显示一下威严，做着水平飞行

纸飞机在空中飘动的数十秒，让我心满意足

我把它称作诗

被痛苦催生却又与痛苦无缘

源于经验却又不称其为经验

与喜悦相似却又比喜悦平静

但是不能保证它会比夫妇吵架时的恶言攻击要高级

因为诗从不做出任何承诺

它只是让我们从缝隙里窥见

世界与我们之间不可能存在的和解之幻影

纸
飞
机

像在椅子上舒展身体的狗一样嗅着夏日的空气

刚才让我陶醉的洋琴音色

仿佛变成一种粗俗的诱惑

这都是寂静的错

寂静从无数微弱生命交响的地方传来

虻的振翅　远处潺潺的水声　轻摇草叶的风……

我们无论再怎样竖起耳朵也无法听到沉默

可寂静即便不想听

也会穿过笼罩我们的浓密大气传入耳朵

沉默属于宇宙无限的稀薄

寂静则植根于这个地球

可我听清了吗

女人坐在这把椅子上责备我时

她尖刻语言的利刺连接着地下纠缠不清的毛根

声音中潜伏着的寂静拒绝消失到死的沉默中去

闪电从远方的云端疾驶地面

不久雷鸣就拖起迟缓冗长的尾巴

人类出现在世界之前响起的声音

我们现在还能听清

像体内的血液一样把不断流动的语言分成行

才知道语言绷紧着身体

仿佛不肯被我的心灵触碰

打开窗，六十载看惯的山映入眼帘

山脊沐浴着午后的阳光

它的名字叫鹰系，可无论念作鹰系（ji）

还是念作鹰系（xi），山都岿然不动

然而语言则显得心情不畅

因为关于那座山我一无所知

未曾被那里的雾笼罩也未曾被那里的蛇咬伤

有的只是眺望

从没想过憎恨

同时也没想过喜欢语言

有羞愧得让人毛骨悚然的语言

有透明得让人忘却的语言

可是还有深入思考的语言以种族灭绝而告终

我们的虚荣装扮着语言

我想看语言的本来面目

想看它古典的笑颜

小鸟们为什么不肯靠近我

单手拿着双筒望远镜

我已经等了很久

是因为我不是鸟

唱着不同的歌吗?

是啊

不知何时

我忍受不了反复吟唱一首歌的无聊

人就是这种动物

从你们的天空看

我最终不过是只唱了一首歌

七月三十一日

那里放着一条长椅

一条木制的长椅

---

1 北轻井泽，为日本群马县境内一地名。

在阳台上

没人坐的长椅

几年前坐在那里的男人已经不在

晨雾中听收音机的男青年

想从此好好活下去

面对广阔世界

茫茫然一无所知

他痛苦却不失望

尽管也悲伤过

可你明白了什么? 我问

那时听过的音乐仍隐隐约约地

在此刻夏日的大气中飘浮

八月一日

可以看见, 他老态龙钟

身体裹在浣洗得褪色的床单里

沉湎于回忆

他的腹部回到婴孩时代

圆鼓鼓的

眼睛厌倦了文字

在天花板的木纹上彷徨

几张和善的面孔

旅行中看到的岸边草丛

开始忘却的名画

构成支离破碎的幻觉

阳光从窗子倾泻进来

是啊，只有它永恒地雷同

　　　　　　八月一日

孩子们美丽可爱

在近旁直直地盯着我

然后又跑上远处的斜坡

赤身裸体的孩子们

穿着浆得梆硬的正装的孩子们

池面上荡起涟漪

战争永无终止

他们很快也会老去吧

一边嘟嘟囔囔地自言自语

可是，此刻孩子们在喊叫着

用喊哑了的嗓音

从土丘上

用我已经无法理解的语言

            八月一日

知道吗?

诗有各种各样的文体

卡巴[1]文体

卡巴菲斯[2]文体

莎士比亚文体

都会打动我的心弦

---

1   Carver Raymond（1939—1988），美国诗人。

2   Konstantinos Petron kavafis（1863—1933），希腊诗人。

虽然我读的只是翻译

（感谢翻译家们还有无数的名译和误译）

大家都用自己的文体一直写到死

文体是一种命运

然而我却被各种文体诱惑

一种、两种、三种、四种……

我对它们都着迷

很快又将它们都厌弃

就像猎艳的淫棍

忠于女人

不忠于诗？

然而原本，诗不就是

对人类不忠的东西吗？

　　　　　　　八月二日

如果把散文比作玫瑰

诗就是玫瑰的馨香

如果把散文比作垃圾站

诗则是恶臭

总有一天我会像里尔克

被真正的玫瑰刺扎伤手指……

以为要死了

却又厚颜无耻地活下来

        八月三日

太阳是光之网上的巨大蜘蛛

我被捕捉、挣扎

如果这种快感是诗

我正执着于无法用人之手拯救的东西

        八月十一日

喝醉的作曲家说："为我的曲子喝彩的家伙们，

我想用机枪扫射，把他们统统杀死一个不留"

在他美妙旋律的余韵中死去的幸运听众

绝不会理解他吧

然而，为忍受自己孕育的无聊

要依赖暴力的幻觉

我懂得他的心情

也懂得我们在分不清创造与破坏的时代里的生存

　　　　　　八月十四日

对不中意的一切

想来只有忍耐

因为它们早就存在于此

从很久很久以前

无论怎样用语言掩饰

但是唐突的喜悦并不会消失啊

人总是从观念从思想

甚至从神明中越出

活下来

　　　　　　八月十五日

即便青蛙跃入古池世界也不会改变

可是改变世界有那么重要吗?

就算全力以赴诗歌也不会变得崭新

诗比历史古老

如果诗歌看上去有崭新的时候

那也是在诗歌将世界不变的事实

反复让我们领会之时

用谦恭且傲慢的口吻

八月十五日

走进收藏古今东西方诗集的图书馆

我不知所措

虽有战争有爱恋有憎恨也有根深蒂固的不安

世界看起来似乎迥然相异

仿佛用天使的目光俯视着尘世

我总是在意

什么时候真正的子弹会飞过来将我击倒

却全然忘却自己也隐藏着凶器

八月十九日

在天花板和墙壁的角落张着蜘蛛的巢

可我断定没有必要除掉它

Shuntarou Tanikawa

因为蜘蛛的巢是没有任何妨碍的家

这是与人之外的生命同居不会产生苦恼的家
说不定见蚊要打遇蜂则逃
这个家自古至今一如既往

我喜欢这样的家
　　　　　　　　九月四日

在我们的土地上孕育的语言
忌讳多嘴多舌

说话干脆利落佯装不知
不在语言中重复语言

其实总是朝着无言
像不存在所谓的历史
总是用白纸将现在开始

有的东西你想用语言捕捉
它却倏然逃遁

相信逃掉的东西才是最好的猎物

这块土地孕育的语言

让生长在这块土地上的

我们困惑

        九月四日

另一种性高潮再次袭击我

此刻，树枝间射下的阳光同莫扎特相互调情

旧房子喃喃低语

永恒用艳丽的打扮将我欺骗

我不止一次陷进

不知是谁设下的圈套

主动地

明知是幻觉

我却无法从那里逃脱

从过于美妙的圈套中

毋宁说我想永远被囹圄在那里

可圈套却毫无幽默地将我推向

唯有幽默才能拯救的

我原来所在的人世

　　　　九月五日

自己在半年前写的诗如同令人怀念的旋律
从那时到现在，每天都发生着各种各样的事
我的确置身于此活着
但诗却仿佛把发生过的事抛向了虚空

琥珀色调味汁的浓液粘在绿色的玻璃窗上
在研磨得漂亮的玻璃窗对面，人和车无声地通过
粉红色厚厚的火腿夹在薄薄的白色面包中间

让涂得五颜六色的圆盘旋转时，它仿若白色
争执不下的现实保持平衡时接近于空白
我经历过若干次这样的瞬间
于是边喝咖啡或啤酒
独自
像爱德华·利尔的打油诗里出现的帕尔玛妇人
离群索居变得很静、很静、很静

对我来说诗不过是由于危险的平衡而成立
或不过是极为个人化的快乐瞬间而已
有记录它的必要吗?

然而，我却在酒店的咖啡馆奋笔疾书

致虚空

Shuntarou Tanikawa

在昆德拉著作的封皮背面

虽讨厌写作

心还是被尚未抒写的诗的真实所征服

净土

无法逃脱我是我的事实

我毫无惧色地在人们面前袒露出

双目双耳一鼻一口的平凡组合

或许是因为我有需要隐藏的东西

在肮脏的瓷砖围成的房间

见到刚刚死去的朋友时

他血液和内脏已被掏空

像一艘遇难的皮艇被海浪冲上解剖台

已经无可运送和隐藏

遗留给我们的只有白昼般荧光灯的亮

比起黑暗,光明更可怕

背对闪烁的大海再丑陋的东西看上去也会美丽

在无限面前我们还原为一粒沙

与传入耳鼓的谩骂和笑声成为遥远的涛声……

如果去往净土

我该摆出怎样的表情

如果一切都会被神佛或天使看透

我藏起如果不死就定会丢失的东西

《听莫扎特的人》 小学馆 1995 年

自己并没有意识到是在隐藏

将死的生命太嘈杂，在人们哀容的包围中我捂起耳朵

躲进初冬斑驳的树影里

听莫扎特的人将身体幼儿一样团起
目光在翘起的壁纸上徘徊如同在晴空游移
仿佛看不见的恋人在耳畔低语

旋律变成一道问题令他烦恼
他无法回答
因为问题立即自己作答
总是弃他而去

毫无防备地向全世界公开的枕边私语
人世间本不会有太温柔的爱抚
决不会实现的残酷预言
所有拒绝 No 的 Yes

听莫扎特的人站起身
从音乐母性的拥抱中挣脱开
为寻找可以答出的问题走下台阶向小巷而去

不是人看海
而是海看人
用亘古不变的炯炯眼神

不是人听海
而是海听人
用无数潜伏水底贝壳的耳朵

留下一条航迹，人启程
向着永不消失的地平线
任狂风怒潮和平静的水浪摆布

一副碗筷几口锅，然后
汹涌澎湃充盈欲滴的情感
联结女人和男人

但是还有比这更强烈的东西联结着两个人
那就是完整的大海
它不厌其烦地重复却依然美丽

不是人在歌唱海
是海在歌颂着人
是海在祝福着人

海的比喻

《与其说纯白》 集英社 1995 年

与其说纯白

1

自己化作洋琴

等了一夜啊

当然是等待

才十二岁的莫扎特

喏，就像这样

你难道没有失眠的时候？

2

爱情到处皆是

在厨房里会想起

切洋葱流出的眼泪

悲伤的理由

总是因为爱情

3

若有来世我想变成鲸鱼

在大海里唱着歌儿生活

不懂得语言

却有歌声

鲸鱼的心比人大得多

所以歌声也会持久

4

就是啊

成为画面的瞬间很重要

我为此活着

所以只需拍我一张照片

不去回忆地空想

我的一生

5

才二十世纪呀

未来姗姗来迟

让人坐等不及

坐在椅子上动作迟缓

恋爱和梦想

都焦躁不安

6

故意扮演迷路的孩子

游走在空旷的迷途

此处为何方，今夕是何年

早已谙熟于心

却也会忽然懵懂无知

在看地球仪的时候

7

花儿开了吧

听得见大海的呼啸

微风也许在吹吧

这些你就感觉幸福了吧

所以我内疚无比

形只影单

8

我被天空阅读

被乌鸦被云朵被蜻蜓被天使阅读

从天空

看不到捉弄也看不到嫉妒

我已非我

定会在地面上溶化

9

想听你在马拉克斯时的事情？

但因为你不在

一定会很无聊

马拉克斯里也有孩子

默默无语站着的孩子

所以也一定有爱

10

对那些尚不知晓的真实

我喜欢瞎说一气

因为我会有一种万事皆知的心情

然而真实的真实

一闪即逝

如同芳香的气息

11

比起男人我更想被树木抱拥

被叶片触摸

被枝蔓捆绑

想与根须缠绕一起

我嫉妒天空

因为树木也伫望着夜晚和天空

12

你知道吗?

心情有各种各样的颜色

与其说纯白

不如让你我的颜色混合

变成厌恶的花朵颜色

岂不更好?

像一个缺乏教养的孩子

不打正经招呼

便推开蓝天之门

坐进大地的房间

我们是草的客人

是树木的客人

是鸟儿们

和水的客人

以得意扬扬的面孔

对端出来的佳肴咋舌

对景色赞不绝口

不知何时

自以为会成为主人

文明

是多么的没有规矩

然而离去

已经太迟

因为死亡哺育着

Shuntarou Tanikawa

新的生命

我们死后的早晨
那个早晨
鸟儿们婉转鸣叫
波涛回响

遥远的歌声
和瑟瑟的风
现在
还听得见吗

我不想被任何人催促地死去

微风从窗口送来草木的芳香

大气裹挟着平凡日子的声响

如果可能　我想死在这样的地方

即使鼻子已经无法嗅出那芳香

即使耳朵听到的只是人们在身旁的叹息

我不想被任何人催促地死去

想让心脏像我钟爱的音乐一样舒缓下来

像宴席散后的假寐一般徐徐进入夜晚

或许因为大脑停止思考之后

超越思考的事情还停留在我的肉体

这并非因为我吝惜自己

也并非因为我感觉不到

被死亡冰冷的指爪扼住手腕的人们

那种肝肠寸断的不安和挣扎

我只是想让身心合一遵从命运

仿效野生生物的教诲孑然一身

因为我不想被任何人催促地死去

《谷川俊太郎诗集》
角川书店春树文库1998年

1　此诗为 1994 年 10 月 8 日 "思考脑死及脏器移植" 研讨会而作。

所以我不想被任何人催促地死去

我想以一个完整的生命死去

我相信有限的生命　我怜爱有限的生命

现在是　临终时也是

我不想被任何人催促地死去

不管等在门外的人将我带往何处

都不会是在这块土地上了吧

我想悄悄留在活着的人们之中

作为眼见不着　手触不到的存在

请给我钱买不到的东西
请给我手摸不到的东西
请给我眼看不到的东西
上帝，如果您真的存在的话
请给我一份真心

为了无论它多么痛苦
我都能努力和大家一起活下去

十二月

Shuntarou Tanikawa

人类鲜红的血

滴落在天使白色的翅膀上

理应愈合的伤口

重又裂开

天使看不见它的颜色

拍打着翅膀

使红色变淡

在天使意想不到的地方

人活着

在渴盼成为天使的祈愿声中

人死去

裹着树木的绿

染着大海的蓝

《克利的天使》 讲谈社 2000 年

Shuntarou Tanikawa

呼唤——上帝

给人以爱

听到的只是

天空的轰鸣

云朵的呢喃

和无法成为人类声音的窃窃私语

丑陋的天使

拍打着翅膀

笨拙地在高楼大厦间飞来飞去

被爱者

怀疑着爱者的爱

美术馆

充溢着包装成上帝的躯壳

丑
陋
的
天
使

原野和海边

街角和房间里

都有我喜爱的东西

可让我喜欢得要死的东西

哪儿都没有

晚上和天使一起入眠

想让大山拥抱

想融入天空

想被吸进沙土

扔掉人的形体

沿着赤裸裸的生命之河

Shuntarou Tanikawa

做了不该做的事

做了不得不做的事

还做了一些想做的事

（是吗?）

即使记住地上所有盛开的

鲜花的名字

即使捕到海里游动的

所有的鱼儿

没出生的婴儿不停止哭泣

世界是吃不完的佳肴

悲伤也是活着的喜悦

不曾存在的天使

好像生气地说

《minimal》
思潮社 2002 年

拒绝

山

不拒绝

诗歌

还有云

水

和星星

它拒绝的

总是

人

以恐怖

以憎恨

以饶舌

Shuntarou Tanikawa

影
子

静静流淌的河
低着头
目送远去的树

变成沿着红褐色墙壁信步的
影子
延伸到街头

想把有形之物
溶在
大气中

想把有语言的东西
静静地
归还

在傍晚的床榻
等待
睡眠

Shuntarou Tanikawa

叹
息

叶脉
在晨光中
透亮

天空
隐藏起
星星

哭泣的幼儿
笑得恍惚
汗与血与尿

如此
无懈可击的
自然

不为死
生悲
只为活着叹息

正午

蛇
在落叶上
爬行

甲壳虫
在树洞里
假寐

人
走出
这个正午

对光亮
失明
心空空荡荡

额上有疤
脸上有痂
胸口有刺青

背上
担负着
曾经的爱情

Shuntarou Tanikawa

脸 脸

在世界上
只有一张

脸是
露出的
命运

在镜子深处的
黎明里
困惑

找腻了
另一张
脸

在心灵的夜晚
等待最后的
日出

Shuntarou Tanikawa

枯枝是

世界的

骨骼

静谧是答案

寂寥是

快乐

不知何故

忘了问

为何

走过

树丛的

冬季

冬天

Shuntarou Tanikawa

午夜的米老鼠

要比白天难以理解

提心吊胆地啃啮面包片

或在地下水道里散步

但总有一天

它会从这个世界露出的

愉快笑容里逃走

还原为真实的鼠类吧

是苦

还是乐

我们无法知道

它心不甘情不愿地启程

被理想的荷兰干酪的幻影诱惑

从四号路走向南大街

再走向胡志明市的小巷

一边播撒下子孙

终于它获得了不死的形象

《午夜的米老鼠》 新潮社 2003 年

尽管它的原型

已经用立体被压缩记录在

古今东西猫儿们的视网膜上

重重的拉门响起咕隆隆被拉开的声音
这么一大早
不知是谁进到了屋内

他来干什么
是对我的造访？
听不到足音

你倒是快站到我跟前啊
我在这里
出生以来，一直居于此

任凭怎样搜索记忆
也想不起他的面孔
只有拉门的声音熟悉在耳底

藤椅、挂轴、筛子和花盆
堆在老旧的土仓房
从前我们在那里捉过迷藏

现在进屋的
是那时的我吗？
一言不语地

Shuntarou Tanikawa

那个人来了
又长又短梦幻般的一天开始了

触碰那个人的手
抚摸那个人的脸
瞅瞅那个人的眼
又把手放在了那个人的胸口

以后的事情就不记得了
外面站着一棵被雨淋透的树
那棵树比我们长寿
这么一想就突然发现自己现在是多么幸福

那个人总有一天会死去
我和我亲密的朋友们也总有一天会死去
但那棵树不会死去
树下的石块和泥土也不会死去

入夜雨停，星星开始眨眼
时间是永恒的女儿，欢乐是哀伤的儿子
我在那个人的身旁，听着永不终结的音乐

广袤的原野

蹒跚着走过广袤的原野
不知不觉地长成了大人
叫着女人的名字，也被女人唤着姓名

曾经想原野总会有尽头
也曾相信它的对面总会有什么
于是不知不觉地变成了老人

耳朵只听它想听的事情
远处杂木林中坐落着庄重的石屋
那里的人即使变成木乃伊……也很美丽

广袤的原野
到了夜晚天空缀满闪烁的星星
我边走边想怎么还不入土

Shuntarou Tanikawa

撒尿

总统在撒尿
边撒尿边想
我不想打仗
只要有足够的石油

恐怖分子在撒尿
边撒尿边想
我不想自杀式袭击
不想撇下恋人而死

士兵在撒尿
边撒尿边想
我讨厌杀人
更讨厌被杀

男人在撒尿
边撒尿边想
我想打一次真枪
光是打 GameBoy 不伦不类

军火商在撒尿
边撒尿边想

《夏加尔与树叶》 集英社 2005 年

Shuntarou Tanikawa

没有枪就维护不了和平
没有钱也买不了自由

野狗在路上撒尿
边撒尿边想
没有敌人就没有伙伴
只是活命而已

慢慢举起手

慢慢把手放下来

喘口气

我还活着

*

沉默这个词

可以遥遥指向沉默

但只要沉默这个词存在

真正的沉默便不在这里

*

然后窗户开着

面向早晨的庭院

到了询问该怎么活着的时候了

那时刻逐渐逼近

*

试图捕捉语言而呻吟的野兽们

试图逃避语言而呻吟的人们

试图理解憎恶

才是爱的开始

片
断

Shuntarou Tanikawa

诗歌赌着气睡下

在证券交易所的厕所

谁也不买我

再等也标不出价格

诗歌嘿嘿笑着

在退休老教授的腹中

没人注意到我在这里

沉迷于阅读黑板上的文学史

诗歌沉默寡言

在联合国大会一尘不染的会场

没人理会我的声音

即使演说时全世界的麦克风都对着我

诗歌一个人走着

在熙熙攘攘的人群中

每个人都在寻找我的影子

在霓虹灯和电子屏幕里眼花缭乱

诗歌在捉迷藏

在刚印出来的诗集书页

藏在形容词副词动词标点符号里

等待被不是语言的东西抓到

语言是种子
长眠于古老的大地

语言是新芽
诞生在婴儿的口唇间

语言是花朵
被歌颂着绽放在大气中

语言是树枝
乘着风搔天空的痒

语言是树根
延伸进幽暗的灵魂

语言是叶片
枯萎后期盼新的季节

语言是果实
在痛苦的夜晚结果
在喜悦的日子里成熟

Shuntarou Tanikawa

用无限加深的意义

用回味不尽的微妙味道

联结人们的心

没读完恋人讽刺的笑脸

他就读恋爱论

翻开的书页上的爱

闻不到摸不着

却刚被意义撑破

他合上书叹口气

然后出门去练习柔道

"要读懂对手的动作！"

教练的训斥声回响

那晚，被恋人拒绝接吻后他想

世上不得不读的东西那么多

比起读人心

读书也太轻松

可不正是为了读难以言表的东西

人们才读着语言吗？

他再次回到恋爱论

一边叹气

一边把避孕套当作书签夹在书中

恋爱的男子

Shuntarou Tanikawa

我被白桦树告知

被蓝天教诲

被蛇莓嘲笑

被微风戏弄

我想要什么呢

对满溢的诗

我无法为其赋予语言

在安静的正午偶尔听到

来自远古的虹的情话

在黄昏的大气中嗅出

留在草地上的永远的味道

心中充满怀疑

身体却不得不歌唱

夜晚的道路持续到死亡的尽头

Shuntarou Tanikawa

最小的秘密
我就是我
你就是你

最小的秘密
每个人都藏在身体里
谁都无法用心灵感受到

但它就在那里
掌管命运
预言死亡

最小的秘密
无法用语言表达
只能用符号指名道姓

最小的秘密
潜伏在生命中的导火索
让生物以各种形式爆炸

所以它就在那里
带来欢喜

Shuntarou Tanikawa

培育畏惧

最小的秘密
在那无限的细节上
我们失去的是上帝的幻觉?

我之所以能看见你　　　　　　　　　　　　　　　光

之所以能看见你灵动的眼睛

和诚实的黑发

是因为清晨的光

我之所以能看到街道

之所以能看到装点在窗边的天竺葵

和从遥远国度寄来的明信片

是因为白昼的光

我之所以能做梦

之所以能如此清晰地看到

航行在远古大海上的大帆船

和那所有被诗歌称颂的不确定的东西

是因为夜晚的光

我之所以能看到光

之所以能独自站在山顶

看到一天最初的光芒

不是因为我的眼

我之所以能看见黑暗

之所以能用心看见

Shuntarou Tanikawa

用眼看不见的东西
不是因为我的心

光不是为了我的眼睛而存在
而是我的眼为了光存在
黑暗不是为了我的心而存在
而是我的心为了黑暗存在

Shuntarou Tanikawa

凝望大海

我觉得哪儿都能去

我想一直走下去

但这里是何地

现在变得一无所知

倾听大海

这个星球巨大的心脏在跳动

从不中断的血在循环

还传来尚未诞生的某人的声音

听得见决不消失的歌声

触摸大海

小小的浮游生物

喂养着巨大鲸鱼

隐藏在深深海沟里的未知生命

被海藻的手指犹豫不决地拨弄

思考大海

与守护地球的大气相同颜色的蓝色外衣

与鱼类贝类同甘共苦人类的故乡

风暴涌起或停止时其表面深处不变的安静
从不倦怠地指向无限的海平线

热爱大海
一边对抗风一边孕育风的帆
留在晒黑手臂上的又白又干的盐的味道
滴在大海的果实上的柠檬的香气
与古代传说没有区别的记忆和预感

斜坡下的四角
可燃垃圾被雨淋着

昨晚为止还是书的东西
现在是浸水的一坨纸

直到刚才还是文字的东西
现在只是毫无意义的黑渍

但是书还记得
第一次被翻开时的心动

种在书页田垄里的种子
在少女心中静静萌芽之时

自己总会化作灰尘
成为使灵魂结果的养分
在沉稳的放弃与喜悦中
书已有预感

Shuntarou Tanikawa

我把活着喜欢过了

先去睡吧小鸟们

我把活着喜欢过了

因为远处有呼唤我的东西

我把悲伤喜欢过了

可以睡觉了喔孩子们

我把悲伤喜欢过了

我把笑喜欢过了

像穿破的旧鞋子

我把等待也喜欢过了

像过去的偶人

给我打开窗! 然后

让我听听是谁在怒吼

是的

因为我把恼怒喜欢过了

晚安小鸟儿们

我把活着喜欢过了

早晨　我把洗脸也喜欢过了　我

《谷川俊太郎诗选集》　集英社 2005 年

列宁的梦消失，普希金的秋天留下来

一九九〇年的莫斯科……

裹着头巾满脸皱纹穿戴臃肿的老太婆

在街角摆出一捆捆像红旗褪了色的胡萝卜

那里也有人们在默默地排队

简陋的黑市

无数熏黑的圣像眼睛凝视着

火箭的方尖塔指向的天空

胡萝卜的光荣今后还会在地上留下吧

《歌之书》

讲谈社 2006 年

晃动在泪水深处的微笑

是亘古以来世界的约定

即便此刻孑然一身

今天也是从两个人的昨日中诞生

仿若初次的相逢

回忆中没有你

化作微风轻抚我的脸

世界的约定

在阳光斑驳的下午分别后

也并没有终结

即便此刻孑然一身

明天也没有尽头

你让我懂得

潜伏在夜里的温柔

回忆中没有你

你在溪流的歌唱在天空的蔚蓝

和花朵的馨香中永远活着

我从生下来就知道
人生只有现在
悲伤会延续到永远
泪水却每一次都是新的
我没有可以向你说的故事

孩提时只消凝视眼前的树木
就会笑得浑身发颤
一天的结束便是梦的开始
人人都无缘无故地活着
我没有可以向你说的故事

我觉得什么时候死都无所谓
钻石就是雨滴
分别的寂寥也如同电影
即使决不会忘记明天也照样来临
我没有可以向你说的故事

河流的源头深藏大地
因为相爱才看不到未来
受伤的昨天是日历的标记
如今正波纹般地扩散
我没有可以向你说的故事

Shuntarou Tanikawa

开在我心中的那朵莲花

是我春天的记忆

在书信间点头示意

如同我今天的憧憬

开在我心中的那朵莲花

我心中下个不停的大雪

是我冬天的记忆

裹在你的外套里行走

如同我今天的孤寂

我心中下个不停的大雪

在我心中喧嚣的大榆树

是我秋天的记忆

你在树下为我做了个草笛

如同我今天的痛苦

在我心中喧嚣的大榆树

展现在我心中的大海

是我夏天的记忆

你游着笑着露出你的皓齿

如同我今天的悲伤

我
的
心
太
小

展现在我心中的大海

我的心太小了
如同我今天的爱
变成泪水溢满对你的记忆

我是一位矮个子的秃头老人

在半个多世纪之间

与名词、动词、助词、形容词和问号等

一起磨练语言活到了今天

说起来我还是喜欢沉默

我不讨厌各种工具

也喜欢树木和灌木丛

可我不善于记住它们的名称

我对过去的日子不感兴趣

对权威抱有反感

我有着既斜视又乱视的老花眼

家里虽没有佛龛和神龛

却有直通室内的大信箱

对我来说睡眠是一种快乐

即使做梦了醒来时也全会忘光

写在这里的虽然都是事实

但这样写出来总觉得像在撒谎

《我》 思潮社 2007 年

我有两个分居的孩子和四个孙子但没养猫狗

夏天几乎都穿 T 恤度过

我创作的语言有时也会标上价格

从国道斜拐进入县道
再左拐走到乡村道路的尽头
"我"就住在那里
不是现在的我而是另一个"我"

有一个简陋的家
狗叫着
院落里种着少许的农作物
我如往常一样坐在屋外走廊上
泡了烘焙茶
没有打招呼

我是母亲生下的我
"我"是语言生下的我
哪一个是真正的我呢
尽管早已厌烦了这个话题
"我"突然开始哭泣
而被烘焙茶呛到

已痴呆的母亲的干瘪乳房
是故乡的终点
"我"边抽噎边说

当我默不作声地眺望着白昼之月

开始和结束这些更遥远的

一点点地了然于心

太阳西下

听着蛙声

一铺上被褥入睡

我和"我"就变成了（闪耀宇宙的碎片）

没有人烟的原野上卷起的旋风
为无处投奔而困惑
无数被蒸发的泪水变成卷积云
漂浮于濒临死亡的蓝天一隅

草之间虽有散落的尸体
却看不到啄食它们的鸟
曾经被称为音乐之物的迹象
像怯懦的背后灵似的飘荡

人们思考讲述和写下的所有语言
本来从开始就是错误
只有盯着刚生下的幼犬
发出无言的微笑才是正确的

大海上升悄悄逼近山峦
星星一颗接一颗地安息
"神"真的存在吗
还是已经死去

世界末日是如此肃静而美丽……

Shuntarou Tanikawa

——这是我想写下的句子

语言里只有我的过去

却怎么也找不到未来

我知道自己是谁

虽然现在我在这里

说不定马上就会消失

即使消失我还是我

但我是不是我已无所谓

我是少量的草

也许有点像鱼

虽然不知道名字

也是笨重闪耀的矿石

然而不用说我也几乎就是你

即使忘却也不会消失

我是被反复的旋律

心有余悸地踏上你心律的节拍

从光年的彼方终于来到的

是些微波动的粒子

我知道自己是谁

因此也知道你是谁

即使不知道名字

即使在哪都没有户籍

我
是
我

Shuntarou Tanikawa

我也会向你显露

我喜欢被雨水打湿
我怀念星空
因笨拙的笑话笑得打滚
超越"我是我"的陈词滥调
我是我

再见

我的肝脏啊，再见了
与肾脏和胰脏也要告别
我现在就要死去
没人在身边
只好跟你们告别

你们为我劳累了一生
以后你们就自由了
要去哪儿都可以
与你们分别我也变得轻松
只有素面的灵魂

心脏啊，有时让你怦怦惊跳真的很抱歉
脑髓啊，让你思考了那么多无聊的东西
眼睛耳朵嘴小鸡鸡你们也受累了
我对你们觉得抱歉
因为有了你们才有了我

尽管如此没有你们的未来还是光明的
我对我已不再留恋
毫不犹豫地忘掉自己
像融入泥土一样消失在天空吧
和无语言者们成为伙伴吧

Shuntarou Tanikawa

在这个星球洒落的言论尘埃之上
无精打采地飘浮着诗歌的朝霭

那天手指触碰过的脸颊
现在只是白纸上的一行文字

舌头静默地舔舐着
眼睛看错的东西

心忘却的一瞬一瞬
落在灵魂上堆积着（吧）

在语言的小道上走得精疲力竭
坐在沉默的迷途　发笑

字典测不出一个单词的深度
词汇散乱在知性的浅滩

语言是皮肤　粘在现实的肉上
诗歌是内视镜　在内脏的暗处动弹不得

在譬喻无可救药的绚烂之后

Shuntarou Tanikawa

沉默中途收场

意思呼唤着意思
忍受不住黄昏的孤独

夜越来越深
明天在底层冒出淡淡的烟

诗人的亡灵

诗人的亡灵伫立着
空屋中雨滴滑落的玻璃窗外
不满于自己的名字只是留在文学史的一角
不满于只是把女人逼到了绝路
对来世的安于现状感到愧疚不安

虽然不能再发出声音
但化成文字的他却存在着
在新旧图书馆地下的书架深处
仍与挚友争夺着名声
终于无法再回答诗的问题

他相信自己读过蓝天的心
也相信懂得小鸟啾鸣的原因
像锅灶一样与人们一起生活
相信已领会了隐藏在叫喊和细语里的静穆
不流一滴血汗地

诗人的亡灵旁边是犀牛的亡灵
纳闷地探视着邻人的脸
不知道与诗人同是哺乳动物的犀牛说
人啊　请你给我唱一首摇篮曲
不要区别亲密的死者与诗人

Shuntarou Tanikawa

诗因无所事事而忙碌

———比利·科林斯（小泉纯一　译）

用 MS 明朝体的足迹踢散

初雪的早晨般记事本的白色荧幕的不是我

那是小说做的

只能写诗真的是太好了

小说好像认真地苦恼着

让女人拎着刚买回的杂牌皮包好呢

还是让她拎着母亲遗留下的古驰包呢？

从此没完没了的故事就开始了

复杂化的压抑和爱憎

不可开交

诗有时忘我地轻飘飘浮在空中

小说谩骂这样的诗是薄情寡义不谙世故

并不是不能理解

小说用几百页的语言把人关在笼子里之后

就挖洞逃跑

但是要说首尾呼应挖通的洞口是何地

那是孩提时住过的巷弄深处

诗歌吊儿郎当地伫立在那里

与柿树等一起

说着对不起

描写人的行为的是小说的工作

给人带来无数欢喜的是诗的工作

小说走的路蜿蜒曲折地通向人间

诗连蹦带跳走的路越过笔直的地平线

二者都无法让饥饿的孩子吃饱

但至少诗不怨恨世界

因为幸福的风吹进了肺腑

即使丧失语言也不害怕

小说在找灵魂出口急得发疯时

诗用不分宇宙和旧鞋的懒洋洋声音唱着歌

乘着祖先神灵口耳相传的曲调兴高采烈地穿越时空

朝着人类不会灭亡的方向

音之河流动在树木和树木之间
也流动在积雨云和玉米地之间
大概也流动于男女之间

你让那股潜流响彻在我们的耳鼓
以钢琴以长笛以吉他之声
有时也以沉默

音乐不管经过多久都不会变成回忆
因为此刻向着未来发出回声
你也永远都不会消失

穿着你留在今世的衣服
我倾听着你在那来世的歌
暮色慢慢地顺着环绕大厅的树木落下

语言的秩序一点点地退回布景
我们在耳边感受到
充满对世界矛盾的温暖叹息

爱我的未来小狗

在海岬的独栋房子阳台上摇尾巴

到能见到它的那天为止

我每天都坚持不懈地写日记

写某一天森林里的七叶树

写某一天抽筋的腿

还写某一天有个漂亮的孤儿

然后我渐渐长大

昨天在我独自造访的天文台

看到了三万年前的星空

它们在我的头顶慢慢旋转

不知何故我流下眼泪

我死去的那天

星星依然璀璨

那时我未来的小狗说不定

就在我身边

Shuntarou Tanikawa

我一个人去了从前
蝴蝶在从前阴沉的空中翩翩飞舞
有个女孩看着它
孤单单地坐在草地上

孤寂的情感源于何时何地
我在默不作声的女孩身边坐下
盯着一对交尾的蝴蝶
这女孩说不定就是我的母亲

一条谁也未曾走过的路
向着地平线消失
只有隐隐约约的弦乐声
挽留我在这个世间

遥远的未来即使也变成了从前
我一定还在这里
只要把爱牢记在心
就会对死亡感到欢愉

Shuntarou Tanikawa

我是个上了年纪的少年
是尚未出生的老人
无所不知的太阳
从几亿年前就默默地为我发光

我是人
不是鼹蜥也不是蘑菇
时而想变成积雨云
时而又憧憬着抹香鲸

姐姐去年离开了这里
留下用凹了的口红
我可以哪儿都不去
因为世界上的任何一个地方都是这里

在落叶的叶脉旅行
我描绘着生命的地图
朝着阴茎的指向
我的梦会醒吧

坐在哭泣的你的身旁

我想象你心中的草原

在我未曾去过的那里

你对着无垠的蓝天歌唱

我喜欢哭泣的你

如同喜欢笑着的你一样

尽管悲伤无处不在

但它总有一天必将融入欢愉

我不问你哭泣的理由

即使是因为我的缘故

此刻你在我的手触及不到的地方

正被世界拥抱

在你滚落的一滴眼泪里

蕴含着所有时代的所有人

我会向着他们说

我喜欢哭泣的你

Shuntarou Tanikawa

只是爱那个人

我的一生就结束了

之后死去的我

会继续活在那个人的回忆中

在那个人头顶上的辽阔蓝天

曾经只是我一个人的

照着那个人脸颊的太阳

我也不给任何人

在白雪覆盖的山那边

有那个人居住的村庄

那个人或许在那里生了孩子

被儿孙围绕吧

幸福像幻影一样不可捉摸

如同化石总是埋在地下

我已经正看着

那个人宁静的双眸

Shuntarou Tanikawa

告别晚霞

我遇见了夜

然而暗红色的云却哪儿都不去

就藏在黑暗里

我不对星星们说晚安

因为他们常常潜伏在白昼的光中

曾是婴儿的我

仍在我年轮的中心

我想谁都不会离去

死去的祖父是我肩上长出的翅膀

带着我超越时间前往某处

和凋谢的花儿们留下的种子一起

再见不是真的

有一种东西会比回忆和记忆更深地

联结起我们

你可以不去寻找，只要相信它

第一次踏入的土地

像秃头一样的土地

猜不透脑袋中的内容

类似列宁格勒[1]的建筑林立

在那里领到了奖状和勋章

留着胡须的老诗人说家里有很多勋章

今天身上只佩戴了三枚

因为翻译不可靠，此话无法保证

坑坑洼洼的道路上跑着丰田和日产

也为崭新的悍马感到吃惊

看到了指向柏林的战车纪念碑

去了像苏格兰的山冈下

用毛毡建造的家

宽广无边的草原上竟然立着栅栏

以为这里也是土地泡沫时

才知道是为了防止狼的入侵

在土特产店买了春画扑克

浮世绘和时代画都很拙劣

1　1991年恢复原名圣彼得堡。

《诗之书》　集英社 2009 年

我内心的色鬼很生气

跑道只有一条侧面却吹来了风

回国的飞机晚点到深夜，只好在北京留住一晚

虽然荒废了一天，但却没这种感觉

第一次踏入的土地

触摸了蒙古的角落

牛慢腾腾地走过来

牛

拖着后腿，脸色难看

据说是从《十牛图》走出来的

很高兴没有修禅就能遇到牛

想着骑牛回家时

牛一声不吭地走进了拐弯处的吉野家

真了不起，为了众生牺牲自己

我无法牺牲自己，离顿悟还有距离

这一年该怎么活下去？

花活着

不是炫耀

凋谢之前的时间

也不是哀叹枯萎

平静地

巡游这个星球

委身于大气

画家

凝视着花

将透明的花瓣

和微笑的雌蕊、雄蕊

隐秘

一心向往成蜜

可是画家

不画花

将自己扭曲的灵魂

摇摇欲坠的

混沌

默默地变为颜色和线条

与花交谈

画家不与花
竞争
只是谦卑地
希望
像花一样活着
像花一样凋谢

走进森林的最深处

腐烂的落叶与野兽的粪味弥漫

白天落下来

阳光散乱在树梢射不到地面

先是发现了人骨

然后是生锈的无机物和腐朽的有机物

之后巨大的它们都微微斜立着

留恋一样指向天空

是未能升空

还是返回地面的宇宙飞船?

我们失败了

连成功的意义都不知道

我们输了

如同浮游在大气永恒的微生物

诗歌是一瞬的补偿

一瞬的胜利

不是记录不是契约不是预言

是失去音乐的瘫痪的歌

没有黑暗就没有光

黑暗是光之母

没有光就没眼睛

眼睛是光之子

眼见得到的东西躲藏着

如同眼看不见的东西

人诞生于母亲胎内的黑暗

然后再回归到故乡的黑暗之中

因为一刹那的光

我们才知道世界无限的美丽

在眼睛休憩的夜晚

梦见潜藏在体内和心中的宇宙

我们是从何时开始的?

又是谁开始了一切?

眼睛想要逼近这个谜

想方设法要看清那些看不见的东西

黑暗
眼看不见耳听不着

而且沉甸甸地传过来
貌似庄重而肃穆

那里现在还有
不断诞生的东西

黑暗不是无
黑暗热爱着我们

不要惧怕
孕育光的黑暗的爱

夜
樱

樱花无眠

根爬进历史的黑暗

树干顽固地拒绝阳光

叶子嫉妒着花瓣在月影中苍白

而花瓣为了凋谢绽开

盯着黑暗中盛开的樱树

即使用手指触摸那些花瓣

即使折采花枝

人们也逃不出樱花的幻影

逃不出潜藏在死亡馨香中的不死之梦

以悔恨和憧憬相纠缠的嘶哑之声

老去的樱树歌唱

但它的歌声谁都听不到

只有活在古老传说中的人

在昏昏欲睡时听

以它的名义哀悼死去的人

和谐在称颂它名字的无数歌曲中

迷惑去往花道的恋人们的心

在日本的夜晚无底的灵魂深处

樱花无眠

Shuntarou Tanikawa

不知何时我乘上了驶往来世的联络船

那里拥挤不堪

上了年纪的居多也有年轻人

令人吃惊的是还有几个婴儿

他们多半无人陪伴形只影单

却也有仿佛因恐惧而相互依偎的男女

早就听说去来世不那么容易

可我想如果不介意船的摇晃这样倒也方便

只是这种想法并不可靠

很难说清我到底是不是真这么想

也搞不懂是已经死了才这么说

还是因为想法这玩意儿原本就是这样

无意间抬头一看发现这里也有天

初秋的午后夕阳斜照

模糊的橙色披着一层褪色的青宛若戴着面纱

一切像似醒非醒的梦

船的旧式发动机低鸣着缓慢前行

来世还很远吧

《特隆姆瑟拼贴画》　新潮社 2009 年

Shuntarou Tanikawa

身旁的老人自言自语

"这就是冥河吧

比我想的大多了，简直就像大海"

说起来真看不见对岸

也看不见水平线

因为水天相接仿若一块布

欸，不知从哪儿传来了叫声

"孩子他爹，孩子他爹"

还好像在哭

这声音好耳熟，哦，原来是老婆的声音

竟然让人觉得有点儿性感

我甚至想拥抱她

尽管我应该已经没有了肉身

我东张西望，找寻老婆的身影

她虽在我身边，却幽灵般身形模糊

我握握她的手，也完全没有感觉

然而，她的心情我却了如指掌

不错，她是在真心地悲伤

可我介意的是，这其中也掺杂着人寿保险的算计

听到老婆的哭声，我并不以为我已经死了

仿佛这就是生前每一天的延续

说到生前

活着的时候，活着的实感也很淡薄

也许从那时起就开始一点点死去了吧

正这样愣神的时候

响起了汽笛

鸟群在船的上方围成一圈飞舞

它们都是些尚未成佛的精灵

这我早就在传说中读过

假如变成了鸟

不就无法同早逝的密友交谈了吗

或许人语在这里已经派不上用场

这些担心都是多余的

一只鸟在上空呼唤

虽然听不清叫声，却感染到心情

那是一个与我同龄五岁就夭折的邻家女孩

"妈妈还没有来

这儿的花儿永不凋零"

我有好多事情想问她却欲言又止

因为她永远都是一个五岁的孩子

即便我想知道这船要开往哪里

即便我想知道每天在做什么

即便我想知道到了晚上能否看到星星

她也只会传递给我"不知道"的想法

虽有些迟到却无端生出伤悲

尽管不是痛彻心扉的那种

本该告别喜欢的人和物

生前那些令我痛苦难过的纠结

现在都渐渐得以放松

这到底是结束还是开始

一阵香气飘来,这令人难忘的香

迅即飘至心灵

曾为小提琴手的昔日恋人

随即在我眼前演奏起来,一丝不挂地

细弱的琴音和她的香气

融为一体浸入肌肤

不知为什么,这时

Shuntarou Tanikawa

我觉得自己不光有肉身还有灵魂

突然传来螺旋桨反转的声音，船停了

不知从哪儿涌进来一群人

身着沾满泥土的野战服

有的家伙手里还握着手榴弹

其中有个人突然笑着问

他是不是死了

说觉着身子凉飕飕的

他这么和同伴说笑着

让我感到这笑声好像在娘胎里听到过

浓雾包围着船又开始嘎咚嘎咚前行

奇怪的是这条船俯视可见

犹如电影画面印出一张脸

是我那张胡子拉碴、面无血色的脸

本是自己镜中司空见惯的脸，我却觉得是别人的

连看着这张脸的自己究竟是不是我自己我都有些不确定了

我想用笑来应付一下，这张脸却绷得紧紧

自己应该曾经经历过的

确实记得这种像是别人的事一样的感觉

高中时我曾想寻死，站到了教学楼的屋顶

向前跨出一步就会让自己消失

只是真的能消失吗

就觉得自己像漫画里的配角走下了楼梯

我还曾经边喝酒边谈论过消失这件事

那时大家都还年轻，死仿佛是个玩笑的话题

三轮君说没了肉身以后剩下的自己是个什么呢？

奥村君便答是意识

庄司君说没了大脑意识何在

郑君却说这些事死了就知道了

突然我觉得自己被什么东西从甲板上吸了出去

胸口被捆住了一般痛苦不堪

一道强光炫目刺眼

这是在医院的白床上

"孩子他爹，孩子他爹"，又是老婆

我想说没事你放心吧却发不出声音

而廉价香水的气味更让我怀念

我觉察到自己在呼吸

刚才的痛苦已然消失

Shuntarou Tanikawa

可我却像被阎王训斥着一样

身体各处都发出了悲鸣

原来我又回到了肉身里啊

真不知道该高兴还是该伤感

远处传来微弱的声响

这声音沿着山脊缓缓回旋

像什么人的信笺一样传到这里

音乐水一般流入剧痛之中

像儿时常听过的

又像是头一次听到的

啊——我做了坏事

一种无来由的心情龙卷风一样袭来

却又想不出对谁做了什么

只是想无端地道歉

我知道不道歉就死不成

我得想办法看看如何是好

音乐的旋律像一条无形的丝线缝合着

这就是此世与彼世吧

我已经无法知道这里究竟是何处

不知不觉间疼痛已渐渐淡去只留下一丝寂寥

从这儿能去哪里又不能去哪里

只有随音乐信步而去

如果温柔具有形状

它一定是这样的

自古至今从不改变形状

性急的手　犹豫的手

世故的手　幼小的手

无论对于什么手　乳房都是温柔的

《乳房》　德间书店2011年

乳房等待着

嘴唇和舌头的贴近

等待着给予的喜悦

Shuntarou Tanikawa

即使被病魔侵蚀

乳房里也暗藏着

昔日母亲的力量

用眼睛触摸　　用手指触摸

用嘴唇触摸　　用舌头触摸

婴儿和大人都在重复这样的动作

无论心中有什么样的悲伤

女人只在乳房里

隐藏喜悦的回忆

女人都有名字

但乳房没有

像大山深处的泉水

询问形状和大小是种愚蠢

乳房无法比较

所有的乳房都是无可替换的

乳房是抵偿

乳房是慰藉

在语言的望尘莫及之处

院子

《未来的孩子》 岩波书店 2013 年

年幼的小女孩无从得知

院子的地下

埋着一颗臭弹

很久很久以前它从蓝天上落下

如今

投下这枚炸弹的敌人早已不在人世

这颗埋在关东红土层的炸弹

却不会像树的果核一样发芽

院子里飞来一只小鸟

我不知道它的名字

也不想去查鸟类图鉴

他（或她）正在落叶上做瞬间的凝视

跟我想着不同的事情

这种不同

让我心生遗憾

春天一来蒲公英就盛开

它的种子从何而来

黄花朵很快就变成白软毛

不知不觉间乘风而去

种子不知去往哪里

Shuntarou Tanikawa

从何而来又到何处去
这一点倒是和我无异

院子里落满了枯叶
赤裸的树下有把椅子
仿佛有无形的人坐在那里
或许那就是少年时的我
被读完的故事书中
少女弹奏的大键琴的音色所吸引
心不在焉地梦想着未来

"藏好了吗"与
"还没呢"的回音
在回忆中纠缠一起
院子虽然被人的历史追逐
但也活在自己的历史中
同蚯蚓一起
同云雾、骤雨一起

孩子们在院子的角落里挖了个坑
不是为了埋什么
也不是为了藏什么

他们挥汗如雨

不停地挖着

欣赏了一会儿自己挖的坑

又把它填平

不对任何人说起

○

被窝热乎乎的

搂着诗歌的蛋

语言浮现又消失

我还在与夜晚结伴

陌生的面孔们出现

想把在故事的白昼中互相仇视的人们

用诗歌之网一网打尽

床能成为无人岛就好了

那里如果是故乡就更好了

把撕破的户口本扔在海滩

回想着梦的细节

姑且将时间命名为早晨

起身下床

不去孵化蛋

○○

什么也不做

只是直立在榻榻米上

听命于心脏的跳动

思绪来来去去

经过的是时间

还是我们自己?

无声无息地

为想不起来的事实感到委屈

那天也下雪了

你在被炉旁说了什么

你对我说了什么

时间不是"什么时候"

也不是"总有一天"

而是不知不觉间

○○○

心情变得平静

喜怒哀乐

做着危险的平衡

心是两臂平伸的挑担偶人

暂时离开情感
在透明的心中
能看到世界的原状
时间静下来

时钟也好，日历也罢
不被支配的时间
是无名的时刻

现在过去了
紧跟着现在
现在已是崭新的现在

我躺在房屋里
房屋建在地面上
地面属于地球

我不做梦
这样的梦我正在做
梦是宇宙的细节（也许）

天空穿着夜晚的长袍
世界绝不会在语言的人群前
变成全裸

躺进睡床前我苦笑
因为只能这样
睡床是梦的运动场

死的时候人会从房屋中
走向梦
然后观看现实

我累了
因为我一直活着

不是任何人的错

今夜我还会躺下吧
黑暗是我的故乡
梦的水滴啪嗒啪嗒地落下

圆白菜的疲劳

圆白菜应该累了
但餐桌却视而不见
疲劳的原因在土里
还是在空中呢

从以前就累了吗?
或是进入十九世纪以后呢
关心的人很少
藐视地里的圆白菜是一群愚人

今晚，蘸着岩盐
吃生的圆白菜
打开别人送的葡萄酒
斜眼看着电视连续剧

可我总很在意它的形状
虽说它什么怨言也不说
松开的菜叶散乱着
圆白菜果然累了

Shuntarou Tanikawa

语言懒惰

性交可怜

未来笨重巨大

自然是当然

诗歌是发音

否定是羞愧

贪婪是人祸

晴天是神虑

酩酊逃脱

货币不易燃

沉默是宽大

老婆是人吗?

你是愚民

自我是宿疴

大笑是泡沫

急逝是结愿

森林的语言

虫子们轻轻抖动的羽翼声是森林的语言
还有鸟儿们啾鸣，野兽们低低的呜呜声
树木们摇曳的沙沙声是森林的语言
夜空星星闪烁的寂静也是森林的语言

人拄着人的语言拐杖进入森林
被日本名和学名装点的蘑菇、凤尾草、地衣
但热闹的交谈声总有一天会中断
想听森林语言的人闭口不语

眼睛睁得再大也有看不见的东西
耳朵接替它
耳朵再如何竖起也有听不到的东西
接替它的是心的颤抖

人走到黑暗中
希望看一眼自己内心中的黑暗
这黑暗诞生一瞬的闪光之后
……黑暗变得更加浓厚

森林隐藏起白骨
森林搂抱着蛋

Shuntarou Tanikawa

森林酝酿生命

森林让生命丛生

女人走出森林，以铿锵的步伐

栖息在原野的男人畏惧着迎接

浮动在羊水池沼的孩子们正在做梦

即将结束却无法结束的故事开始

风吹进腐朽的树洞

声音像笼罩在雾里的咒语流出

妖精们在侧耳倾听

响彻远方大海深处的回声

埋在沙漠里的森林是这个星球记忆的一部分

以及沉入水底的森林，变成化石的森林

有时从心的断层现出身影

人无法穿越森林

雨在石板路上蹑手蹑脚地走

教会的钟开始在一天中规规矩矩地打标点

啼鸣的小鸟们胡说着历史

早晨在便宜旅馆的平板床上醒来

是哪儿啊，这里？

昨晚应该看到了卢布尔雅那的路标

但即使去了哪儿或是又回到哪儿

记住的也只有此地

先把地名放在一边

我用语言收集着世界的细节

源源不断喷出的热水淋浴

无论按哪个按钮电视上都会出现陌生面孔的遥控器

买下麦秸编织的礼物那小小的心形

最终还是没买那可爱的甜香酒的小坛

但是语言再怎么创作都不会变成物件

细节也永远不会变成整体

早市上摆满了那么多新鲜的蔬菜

简易食堂里却只有淡而无味的橙汁

还有留在数码相机里三年前的回忆
数据化的我也是细节的伙伴

那么我要问，诗歌是隐藏在何处呢
还是已经归去
脱下语言的外衣变成裸体
诗歌回到我黎明的梦中了吗

在变成碎木片的床单之海
也就是在澄清的历史中
轻轻漂浮的我
没有痛处
也没有哪儿发痒

看，会发现手上有十根手指
摸，会发现脚上也有十根脚趾
这真令人惊奇
其他的，阴茎还在
昨晚在国家地理频道看的
虽然没有戴上
豆荚一样的套子

如果就这样过了几个世纪
毫无疑问，那时
我一定去了别的什么地方
最终，会不会
是无罪的结局？

啊——
世界眼下
正像借来的猫儿一样温顺

挽
歌

这是挽歌

落入草地夏日炙灼的阳光

用光芒责备，用沉默祝福

缺席世界的你

我是记忆你的容器

有时空空有时溢满

把那些日子送往哪儿好呢

是地下还是天上?

你在摇晃

像升腾的热气

也像极光

把大气当作住处

语言始终站在这里

此刻音乐欲言又止

我内心的情感

一下子被唤醒

我与你苦乐与共

缺席的通奏低音

潜藏在晕头转向的寂静里

唯独它是挽歌

去了海边小镇

油漆剥落的家一排排

流浪狗摇着尾巴

见不到年轻人

也没有老人的动静

不知为何就明白

这里是花街柳巷

突然手表的闹钟响了

是和谁为何事约好在哪儿见面了吗?

记忆被阴天吸进去

房檐下并排插着太阳旗的家

纸拉门里头有不停的咳嗽

不知从哪儿飘来鲸油味儿

我的心虽不在这里

因为朝向过去只有语言能返回

杂乱的情感沉淀之后

剩下的是悲伤澄清的水

去了海边小镇

是梦中去的

海边小镇

Shuntarou Tanikawa

还是真的去了

已经无法判断

但它是留在我心中鲜活的小镇

你的心不沸腾

你的心不冰冻

你的心是远离城镇的宁静池塘

对什么样的风都不泛起涟漪

有时让人惧怕

我想跳进你的池塘

也想潜入水底

因为不知道深与浅

是透明还是浑浊

所以有点迟疑

我想大胆地向你的池塘里投一块石头

如果波纹濡湿了我的脚

水花溅到了我的脸上

我会变得更爱你

《心》　朝日新闻社 2013 年

Shuntarou Tanikawa

想放弃又放弃不了

像搅动泥水

一次次搅动自己的心

带着浑浊的心走出了房间

雪残留在山上

太阳在天空闪耀

鸟站在电线上

路上有人在遛狗

边走边望着一成不变的风景

泥渐渐地沉淀下去

心也一点点透明

世界清晰可见

我为这美丽感到吃惊

Shuntarou Tanikawa

心空虚时

心中是空房

灰尘满屋蜘蛛网遍布

被扔掉的菜刀锈迹斑斑

心空洞时

心中是草原

在通透的蓝天下

远远地眺望到地平线

空虚与空洞

看似相仿其实不同

心这个容器伸缩自如

时而空虚时而空洞

时而虚无时而无限

空虚与空洞

语言

一切都已失去

包括语言

但语言没有损坏

没被冲走

在每个人的心底

语言发芽

从瓦砾下的大地

从一如既往的乡音

从奋笔疾书的文字

从容易中断的意义

老生常谈的语言

因苦难复苏

因悲伤深邃

迈向新的意义

被沉默证实

Shuntarou Tanikawa

摇
晃

摇摇晃晃

在晃动

不知不觉之间

开始晃动

晃动

树木

心

我

连世界

也在缓缓地摇晃

为被晃动

而不安

但要像婴儿一样

把身体交给

摇晃

Shuntarou Tanikawa

你凝视着我

其实你没有看我

你看的是山冈

登上去能看到死去的世界

山冈平缓的幻影中

我不过是点缀

音乐停了

你回到我身边

像没有结尾的传说里

陌生的登场人物

我的心变成迷路的孩子

不厌其烦地寻找你的爱

山
冈
的
音
乐

女孩用蜡笔让心中的地平线

移动到图画纸上

眼前是喜欢的男孩与自己的背影

手牵手面朝地平线

几十年过后她忽然想起

过去画的这幅画

以及那时自己的心情

和那个男孩的汗味儿

不知为何她流下泪

从背对丈夫躺着的她的眼里

神虽然无处不有

但却潜伏在叶片、天空、土块和婴儿之中

我故意不叫出神的名字

否则神会变得与人一模一样

随后就开始与人不和

语言与语言的缝隙是神的藏身之处

他们对人类随心所欲祈祷的喧嚷漠不关心

无名无姓的神打着瞌睡

他们或她们已经没有什么必须创造的东西

因为人会一个接一个地不断造这造那

晚安，诸神

无论你们只有一个还是有八百万

远古的宇宙大爆炸已与你们无关

后来的事大自然接过来又托付给后来

尽管人类想对你们东施效颦

即使永远能玩转世界

也不会发现神秘的回答

本打算创造却总是破坏

《晚安，诸神》 七六社 2014 年

晚安，诸神

Shuntarou Tanikawa

空间无边无际

时间存在于起点和终点永恒的彼岸

我想为诸神唱一支摇篮曲

身心俱疲困

灵魂迷失

孩子们在围墙外边走边笑
阳光缓缓转动影子
对着死去的人发出无声的问候

灵魂也有睡眠吗?

阳光照在铺满地面的枯叶上枯叶之上
虽然依旧看不见也听不到
但也许因为接近于未知
灵魂变得很谦虚
心这么想

一只猫无声地踩着枯叶跑来
如果有安稳的一天，其他都不需要
心仿佛感觉到灵魂在低声私语
贴近晨光

Shuntarou Tanikawa

灵魂不可怕
在比可怕的心更深的地方
存在着灵魂

灵魂很安静
在比喧闹的身体更深的地方
存在着灵魂

如果人通过眼睛
用灵魂凝视
各种东西
看着都与平常不一样

如果人通过耳朵
用灵魂倾听
会从杂音中
听到清澈的声音

Shuntarou Tanikawa

不耐烦

灵魂带着肉体

进入林中

耳朵听着风声

鼻子嗅着大气的气息

睁开紧闭的眼睛

大海在远方的逆光中熠熠生辉

昨天连同肉体跟那个人见了面

耳朵鼻子眼睛心情

满脑子都是那个人

但灵魂

那个人的灵魂在哪里?

灵魂有些不耐烦了

身体无法寻找

心也无法发现

那个人的灵魂

无论用多少语言思考

也看不见听不到

但却存在

灵魂不可思议

Shuntarou Tanikawa

为了灵魂

铁会被组合在一起吧

树被伐倒

还会重新伫立吧

为了灵魂

混凝土搅拌

被赋予形状吧

镜子映照蓝天

玻璃仍透明吧

为了灵魂

无数的鞋子会被磨破吧

迷路的孩子会放声大哭吧

眼睛里会飞入沙尘吧

钱会从一只手递给另一只手吧

人们继续走动

人们互相争执

人们疲惫不堪

还会做梦吧

只是

为了灵魂

为了灵魂

《对不起》 七六社 2014年

Shuntarou Tanikawa

——然后

铁会生锈吧

树腐烂，混凝土坍塌

玻璃模糊，镜子破裂

电线会被剪断吧

五彩缤纷的蘑菇回归大地

梦幻渐隐

只有赤裸的

灵魂的

现实会留下吧

为了未来

1

以前的以前是土块

硅也一样

是大地母亲生出的东西

如果没有以前的以前

人类创造不出任何东西

以前的以前是一双手

机器人也一样

是我们身上生出的东西

如果没有以前的以前

人类会迷失自己

2

蒲公英的絮在飞

谁也阻挡不住

春天微风的力量

婴孩的灵魂在成形

谁也无法抹去

母亲微笑的力量

我们创造出来的

能量无论多么巨大

也不如宇宙的一声叹息

3

把胡萝卜挂在鼻尖

马狂奔而去

忘记在原野默默食草的伙伴

也无暇悼念在沙漠变成一动不动的一堆白骨的同类

马奔腾不息

局限于流动的眼看不见的坐标系网眼

变成一个明亮的绿色光点移动

驱动他的是被输入无数的欲望的

无法命名的巨大程序

电源在星星之间的真空中被连接到一起

4

我虽然没有母亲但不感到孤独

听悲伤的录音带能变得悲伤

看快乐的录像带能变得快乐

Shuntarou Tanikawa

我虽然没有父亲但不会感到为难

思考是电脑的工作

既然大家都觉得不错我也没问题

若说朋友我有不少

朋友们都跟我长得一模一样

一点儿都不会嫉妒

5

在一切都不确定的这个世界上

只有一样是确定的

那就是不知何时我会死去

名为未来的幻想也会消失

在那黑暗的一瞬

此刻那无法替代的光辉

照亮人类充满愚蠢和迷茫的

一切业报的细微之处

我为此感到安慰

我想死去

自豪的头颅为何会倾倒于金牌

真令人费解

在完美胜利之时

没有任何应补偿的东西

为人类最卑微的欲望服务

那闪光的金属

抵不上你的一滴汗水

如果它是把你维系在人间的

吝啬的锁链

请把它扔掉

失败者无论有多美

都比不上胜利者的美丽

在那不容更改的秩序中

你已经被证明

如此忌讳争夺的我们

为何会在战斗中忘记自我

如此渴求平等的我们

又为何会祝福胜利者

为了回答这个问题

你不能被戴上任何饰品

解放狭隘的心

让狭隘的心去宇宙的院落

去晾晒衣服

飘扬在地球午后的片刻

兔子蹦跳着过来

蹦跳过数个世纪

冠以学与名的一切

都为了辉煌的今天存在

谁会责备盯着绿麦苗看的你

说你懒惰呢

因一位少女的羞涩

你有了歌唱的权利

解放小小的意义

让小小的意义去生命的森林

去灭亡的或是振兴的国度

测量历史的片刻

膝盖
是两位有点自大的骑士
你胆怯的时候
让你向前迈出一步

膝盖
是两位亲切的男友
你孤单的时候
它会在你的怀里哭泣

红药水还没涂上
创可贴也还没贴
已经不会再蹭破了吧

可是，只有那里
有调皮鬼
除此之外都是女性

*

那里是微妙的国境地带
美丽与欲望之间的愉快纠纷
不厌其烦地反复

Shuntarou Tanikawa

所以，真正最珍贵的爱的一瞬

你会毫不犹豫地

跪下吧

哪怕是在多么坚硬的石头上

这是我的

晚霞

不是你的

这是

在今天的尾声

我用

看不见的文字

在天空

署名的

晚霞

谁都

不为我

把它

变成夜晚

你

只要看着

就好了

不管对我

不管对谁

什么都别说

《你与我》　七六社 2015 年

Shuntarou Tanikawa

同时倾听

寂静

是如何

净化

这一天的

噪音

早晨

醒来后

我

死了

你却在

郊外的

动物园

看着

老虎

死后的

蓝天

比生前的

蓝天

更深

更蓝

你

接下来

要去购物吧

而我

要去寻找

Shuntarou Tanikawa

上帝

为了

不做迷路的孩子

那一晚

你从寺院的
台阶上
走下来
松开歪扭的领带
我知道
你
站在那里

你在窗外
听着
我弹得磕磕巴巴的
巴赫

这些
都是
我还活着时的
事情

那一晚
圆月当空

Shuntarou Tanikawa

白杨树在窗外随风摇动
眼睛看着世界美丽的表面

诗在白纸上跛行
耳朵聆听世界无底的纵深

桌子上的一摞白纸
冒着热气的午后红茶

支撑着这个不完整的世界的
完整无情的宇宙

不可能成为语言的东西
有一天会变成语言……吧？

《关于诗》 思潮社 2015 年

Shuntarou Tanikawa

小狗
跟在大人的身后
迈着小步走

无论是狗还是人
都不要代入名字
旁观这一情景
思考
诗是否会成立

诗总是以无言的形式存在
赋予它语言的是人类

小狗
跟在大人的身后
迈着小步走

朝阳晃眼

朝
阳

十几岁的我什么都没想就写了诗

因为喜欢云所以写了喜欢云

被音乐打动时我就把它翻译成语言

没在乎过是否是诗

有些语言的关联是不是诗

这种事人随便决定就好了

一直写了六十多年诗的我现在也这么想

这一段不过是我单纯地叙述感想

还是乔装成散文想要接近诗歌的语言策略呢

想排除虚构尽可能正确地叙述自己

发觉这个文体是错误的

不能想接近诗歌，是要跳入诗中

这样叫作谷川的我离诗歌越来越远

我是谷川

缝
隙

契诃夫的短篇集
搁在阳台上的白木桌上
总觉得那里有隐约的飘浮物
仿佛诗歌的雾霭
真是奇妙
契诃夫明明是写散文的

孩子们跑进山麓的树林
我们就这样活着
总有操心事
也总在一瞬间变得幸福

大故事中的小故事
变成套娃的世界
诗歌潜入这个缝隙
混进日常琐事中

难
题

摇篮晃动就好
树木在风中摇曳就好
船在波浪中摇荡就好
风铃摇晃就好

可是，该怎么接受
地面的摇动呢
诗歌发问

这是个难题
我荡着秋千
想不出答案

Shuntarou Tanikawa

脱掉衣服

你变成裸体

脱掉裸体

你变成自己

野猫看着你

脱掉你

你就不见了

但只是在语言上

七叶树的叶子随风飘落

即使脱掉语言你也存在

这样呼唤你的是诗

蛤蜊在海滨呼吸

把被脱掉的语言搜集到一起

诗变成意外的你

你脱掉毛衣

脱
掉

Shuntarou Tanikawa

我正睡觉时

语言蹲着

在我身体的某处

与他人的语言

开始交尾

在我看不见的梦中

语言宛若阴茎

又硬又挺

语言像嘴角流出的口水

然后丢下睡眠的我

一边为成为诗而跌跌撞撞

一边被愚蠢的人潮推挤

不
在

我已经不在了吧

在那个海角

在那个房间

但还存在吧

穿旧的内衣

书架上的《爱经》

我已经不在了

在这首诗中

在任何地图上

忘记夜晚的不安

远离哀愁

坐在空空的椅子上

诗歌混进语言里不见了
拨开语言的人群寻找诗歌
明示的闪烁灼痛眼睛
含义闷热发臭
耳朵为母语的声调困惑
诗歌将去往何方呢
累得想回到沉默
但沉默已被喧嚣的无意识污染

悟出了只有等待
挺直坐在硬邦邦的椅子上
山鸠鸣叫，影子拉长
诗啊，你是跟语言长得不像的孩子
还是语言沉默寡言的师父呢

一位诗人从高处抛身于大地
从这个世界中途退席
听到这个讣告的另一位诗人
只能紧抓住语言

在鸟叫个不停的阴天午后
语言停滞
虽然所有的语言都并非与他的死无关
但所有的语言又与他毫无干系

于是，诗
被语言的胎盘包裹
悄悄地漂浮在
隔开生与死的河流子宫之上

苦
笑

诗歌是大屠杀的幸存者
说不定核战争中也能存活下来
可是，人类呢

在崭新的废墟上
活过来的猫喵喵地叫
诗歌苦笑不已

活字和字体溶化
人声断绝
世界是谁的回忆?

Shuntarou Tanikawa

你应该看到了
从我的右眼角
流出的一行泪水

不是悲伤
不是悔恨也不是留恋
并非怜悯自己
更非自我满足

我只是在深深地感动
自己的一生
在此时化作了诗

Shuntarou Tanikawa

据说我出生在东京信浓町的庆应医院

那里好像是日本这个国家的一隅

婴儿时期说出的不是日语而是咿呀之语

但随着长大我渐渐会说了日语

之后还学会了读和写

值得庆幸的是还靠它立身养命

被问过喜欢日本吗，对回答却感到为难

对居住了八十多年的阿佐谷一带依依难舍

年事越高越喜欢作为母语的日语

我喜欢的女性，她们的母语都是日语

喜爱的风景很多，但并非只局限于日本

飘荡在国会议事堂附近的日本很难喜欢上

毫无疑问我是日本人中的一员

但作为动物，在没成为日本人之前我被划为哺乳类

之所以能这样满不在乎地说

是因为也许我摆脱了成为士兵和恐怖分子的命运

曾想过今后的日本会变成什么样呢

但一想到该怎么做时，痛感自己力量不足

《谷川俊太郎诗选集》　集英社 2016 年

Shuntarou Tanikawa

寿子

阔步走在大街上

随便站住

每每看陈列的商品

满足于不买的自己

阿笃

拿着葡萄酒一览表

在桌子下跷起二郎腿

觉得自己很平凡

得到羊齿的化石

有希彦

捡来一只小狗

扔掉文学全集

看老树入迷

倾听杂音

小杏

做着种种比较

在铁道口望着天

喝温乎乎的汽水

《普通人》 株式会社开关出版社 2019 年

Shuntarou Tanikawa

踩蚂蚁

普通人为了不让自己
觉得不如那些不普通的人
操碎了心
他们也多少察觉到
那是伪善

浩二
在卧室里养水母
中元节送出代金券
数药片
换购枕头

君代
随意去短期旅行
为远景感动
吃朴素的午饭
光脚踏进小河

晋一郎
去国立美术馆

与公主擦肩而过
有轨电车驶过铁桥
乌鸦停在枯树上

春美
讨厌竞争
单手拿着百吉圈面包
在屋顶上看晚霞
远方升起彩虹

谦造
在场外买了赌马券
与年轻的市议会议员
互开玩笑
看重播的电视剧

无名氏
不厌其烦地投稿
给女儿买诗集
滴眼药水
逃避体检

美奈子

怀疑着美

煮青菜

寻找夜空中的毕宿五

在意自己的颈椎

老周

不害臊地怀旧

练习弹曼陀铃

在纸上签名

悄悄祈祷

亚历须

制作竹蜻蜓

在阳台上喝印式奶茶

给弟弟发短信

偶尔哭

文雄

看不见终点

阿骏

也看不见终点

核电站的废炉没进展

孝太郎
犯下无罪的罪
阿治同上
护照昨天过期了
蜜蜂聚集在合欢花上

小陈
觉得自己不会死
写川柳
洗内裤
叹气

代代祖先的墓
和无名之墓
与动物园邻接
今天人类也在饶舌
大象则沉默

乔乔
我想现在才开始

为了寻找

在小屋里挂小柜的木片

一边留意脚伤一边走

我

脚麻了

翻开同义词词典

吃腌咸菜

写这首诗

拐杖的故事

老师说讲个拐杖的故事吧

为此得先跳跃时间

从六月的绿到十一月的雪

老师高寿九十七岁零三个月

天天都在推敲辞世

从来世传来铃声

故事没头没尾地开始

无缘的人物登场

咬紧秘密

无论怎样穷尽语言

老师说也不能把世界活生生地剖开

同时讨论鲸鱼和蚂蚁的大小

茶碗本来是 empty 的

还是本来是 full 的呢

韩国的民间画儿里有答案吗

老师去哪儿散步了

说是要从哪儿缓缓走到这儿

Shuntarou Tanikawa

走向二十五号三楼

无论怎么重复
每一次都有新的东西
早晨最能体现这点　一般来说

牵连到世间万物
拐杖的故事还在持续
直到银河河底

苋菜随微风摇曳
谁与谁在竞争
体育运动是流行话题

无数低语传入耳朵
意义逐渐僵硬
谁来感叹茶碗的无言

跌倒的老师回来了
他揉着膝盖说道
无意义中有意义

孩子们一边嘻嘻笑

一边吃细细的粒状意面

小小离岛上的牧歌式光景

画家说必须要有积雨云

突然刮起了狂风

战争遗迹上是生锈的铁屑

数学公式填满黑板

一切存在都很顽固

结巴暗示新的学习

把花名当作咒语的青年

蒙冤入狱三年

矮墙边鱼腥草开着花

拐杖还在立伞架上打盹儿

正午的月牙

摊开世界地图的十五岁

牛的叫声许久未听

四片叶子的三叶草

某户人家突然发生离别

等不及拐杖迈开步子

疯女人弹玻璃珠

花猫追蟑螂

在汩汩流淌的小河

铁臂阿童木至今还在游泳

蚊子成群的夏日黄昏

从午睡中忽地起来

老师陷入冥想

斗室的乡愁

拐杖在森林迷了路

虽然没遭遇奇怪的存在

不知为何却有大蒜味儿

那边武器凌乱地扔在地上

敌人早就化作了妖精

下级士官独自喝着啤酒

插叙也总会结束

拐杖混进树林

一等星在星象仪投影上闪耀

看着今天的朝阳想起昨天的朝阳

是对记忆的浪费

有人冷不丁这么说

对话中断了

活着的大部分

都是以重复而成立

对面一家二楼的窗

灯还亮着

想象力是猥亵

这么说的神崎愣住了

时间真的是单向通行吗

时钟的 01:08 忽然变成 01:09

我是我是俺是咱是吾辈都无妨

蒙古的草原之夜

传来远方的狼嚎声

结论永远都是假定

穗积已经死多少年了啊

报纸杂志电视广播都是老样子

蜘蛛还在房檐下织网

大正天皇好像是滑稽的男人

能听见涛声的旅馆

架子上放着厚厚一本落满灰尘的电话簿

诗歌这种东西

只是列举人名也能成立

更深究的话不就得看读者感性的质量了吗

那家伙语气嘲讽地说

多云转晴

我不想用人生这种说法

把人生概括

的这种说法属于谁都无所谓

出生·性交·死亡

只是这样只是这样一行

汤姆不是用打字而是用笔草草写下

而后回到仙人掌的温室

附近有散养的小象

祖母有时拿着香蕉去看它

最年长的孙子蔑视空想

每天只写罗列事实的日记

诗人的日常琐事和孙子的那个

哪里有什么不同呢

现在啾鸣的鸟儿就在附近

前天晚上嚎叫的狼（大概）

活在黑胶唱片的世界里

负责录音的动物学研究生因事故身亡

活物都各自活到死为止

蚂蚁因它们的小而幸存

蝴蝶因它们的轻而没有受伤

优美的语言也许能耐得住大地震

但此刻我们还是谨言慎行，将心中沉默的金

献给压在废墟下的人们吧

1　此诗是为追悼 2008 年汶川地震遇难者而创作的。发表于 2008 年 8 月号《NHK中国语讲座》杂志连载的 "中日汉俳接力" 栏目，后又被《现代诗手帖》（2008 年8 月号）"面对汶川地震，诗歌的力量是什么" 这一特辑转载。作为在日本社会为汶川地震募捐的发起人之一，谷川俊太郎的这首短诗在读者中起到了一定的号召力。

是谁的身姿凝然伫立于此？

与我酷似却令我难以相信那就是我

也许是我以前的我，或是我以后的我

要么就是一种令我想起我的幻影？

从一根根毛发到衣服的细小皱褶

都因惊人的技术得到了再现

但促成的热情却不属于理性

即便假如这就是本来的我的模样

我也绝未见过这样的自己

我停掉我的全部机能让自己定格

却还是无法阻止自己在这个二元世界里生存

视觉连着触觉、听觉，甚至味觉

超越了语言的框架，统合着人的五感

潜藏在日常情景中的戏剧

是由画家创作的

我想要一个小小的房间

和妖精同居

没有自来水，却有流淌的小河

能听到远处传来的拉迦 [1]

极光取代电灯

主食是森林里的各种蘑菇

哦，换个话题，今天星期几？

我常想这下完了

可又不知道什么完了

在街头请人看手相

人家说手掌上有湖

于是，我试图从湖中看到自己的面容

"矛盾"是我喜欢的一个词

哦，换个话题，你喜欢无花果吗？

有人告诉我

包括蓝天和漂亮的蛇也都这么说

用不着那么烦恼啊

可这与其说是答案，还不如说是提问

1　印度古典音乐。

Shuntarou Tanikawa

谜随着年龄一起加深

哦，换个话题，你有名片吗?

我想要一个宽敞的家

因为买不起，希望有人送

我会写很多诗报答

犰狳[1] 也可以搭上

即便在家里迷路

也还有谷歌地图

哦，换个话题，你是谁?

或许是那样的

不过并不确定

轨道弯弯曲曲

像电车挂钩一样联结起

爱、嫉妒、放弃和希望

窗外看得见阿尔卑斯山

哦，换个话题，这是哪儿?

什么都要数清楚

在校园玩耍的孩子们

1　又称铠鼠，生长在中南美的一种鼠类，为夜行性动物、食树根和小动物。

抽屉中磨秃的铅笔

家谱记载的祖先

以前吃过的饭团

去天堂的阶梯数

哦，换个话题，你多大年纪?

空中飞着蜻蜓

山坡上建着城堡

年糕烤得鼓起泡泡

尽管怀里揣着谎言

尽管有人在某处等待

尽管颜色被染得多彩

哦，换个话题，地球还健康吗?

谷川俊太郎　儿童诗

两本书

历史书真重啊

里面全是伟人

大家留着长胡子

一声不吭　站着

歌词集真轻啊

小鸟在天空

大声唱着

黑人吵闹的歌

历史书令人怀念

卷发的公主

在烛光下

跳着圆舞曲

歌词集丢了

可是歌

在西风的口袋里

在妈妈的嘴唇上

窗外真亮啊

《日语练习》　理论社 1965 年

Shuntarou Tanikawa

远古的太阳

现在在哪里

让我们唱着歌想起来吧

妈妈

河流为什么在笑

因为太阳在逗它呀

妈妈

河流为什么在歌唱

因为云雀夸赞它的水声

妈妈

河水为什么冰凉

因为想起了曾被雪爱恋的日子

妈妈

河流多少岁了

总是和年轻的春天同岁

妈妈

河流为什么不休息

那是因为大海妈妈

在等待它的归程

河
流

河童

河童乘隙速行窃
偷走河童的喇叭
吹着喇叭嘀嗒嗒

河童买回青菜叶
河童只买了一把
买回切切全吃下

《语言游戏之歌》 福音馆书店 1973 年

Shuntarou Tanikawa

大蜻蜓

群马的痴呆汉
放跑了大蜻蜓
与盲人按摩师
烤吃着秋刀鱼

群马的大蜻蜓
巧妙得以逃离
在浅间山那边
也不说暂停止

野花

原野的野花
花名叫什么
荠菜花的花
无名的野花

夏日是大鼓，敲打雷公的屁股

夏日是舞蹈，骤雨光着脚

夏日是沙漠，烟霭是正午的魔妖

夏日是嬉笑，满肚子积雨云

夏日是恼怒，让太阳怒目而视

夏日是叫喊，露出闪电的牙齿

夏日是纯白，少女们像妖精

夏日是黄色，向日葵汗水的颜色

夏日是蓝色，有天空无尽的深广

夏日是游泳，在海上乘风破浪

夏日是奔跑，脊背和胳膊都是大地色

夏日能歌唱，是活着的欢喜之歌

《无人知道》 国土社 1976 年

蓝天的一隅

在蓝天的一隅

涌现一片云

好像能摸到，又够不着

在蓝天的一隅

一片云消逝了

一只小鸟

飞过蓝天的一隅

好像能抓住，又抓不着

在蓝天的一隅

一只小鸟消失了

Shuntarou Tanikawa

六月的少女在倾听

在房檐流下的一滴滴雨水中

想听已故母亲的摇篮曲

六月的少女睁大眼睛

在夜晚橱窗的对面

等着跟自己长得很像的朋友

六月的少女屏住呼吸

因为她知道身子稍微一动

梦想就会破灭

六月的少女是……我不认识的妹妹

《少年诗集》　理论社 1983 年

Shuntarou Tanikawa

天空
穿着云的裙子

池塘
戴上冰的眼镜

妈妈
快点回来呀

嘿哟哟—— 嘿哟

山
割破了雪的皮肤

Shuntarou Tanikawa

摸一摸吧，光溜溜

推一下吧，摇摇晃晃

等一会儿袭击吧，不停摆动

再袭击一次吧，空荡荡

倒下了呀，嘿嘿嘿

感受万有引力，吱吱嘎嘎

地球在旋转，咕噜咕噜

风在刮啊，窸窸窣窣

开始走吧，咚咚哒哒

是谁回头了! 吓一跳

吓一跳

Shuntarou Tanikawa

诗人有镜必照

以确认自己是不是诗人

是不是诗人读了诗也无法分辨

大家都认为只要看一眼就能认出来

诗人梦想着有朝一日

自己的脸成为邮票

如果可能想成为更便宜的邮票

因为这样就可以让很多人去舔

诗人的妻子做着炒面

板着脸

《超人和一群人》　时事画报1983年

Shuntarou Tanikawa

超
人

超人在站前的书店

买了五本超人漫画

因为画着自己便高兴得

在空中飞了一会儿

然后来到麦当劳

点了一碗天妇罗乌冬面

大家哈哈大笑使他很为难

就出去寻找不笑的坏蛋

超人其实有个恋人

他的恋人在与紫色的猪崽同居

Shuntarou Tanikawa

别以为你是爸爸就了不起啦
进了浴室还不是要光身子呀
不也是鸡鸡晃来晃去的?
一百年以后你又在干吗?

别以为你是妈妈就了不起啦
做了噩梦还不是要哭鼻子呀
不也是偷偷请人算命吗?
一百年以前你在哪儿呢?

坏话谣

《童谣》 集英社 1981 年

想打架你就来　光着膀子来

要是害怕光膀子

你就顶个油锅来

鸡鸡碍事　你就握着来

想打架你就来　一个人来

要是害怕一个人

你就带仨老婆来

嗓子发干　你就喝完酒来

想打架你就来　跑着过来

要是害怕跑

你就坐破烂的火箭来

今天不行　你就前天来

做梦的晚上，太郎

盖着梦的被子

在梦里尿床

做梦之梦的时候

穿着梦的睡衣

被梦的吸尘器

吸了进去

做着这样的梦

次郎想

这跟我没关系

说到三郎

他还没睡，在看电视

而四郎正在子宫里

犹豫要不要被生下来

《无聊的诗》 青土社 1985 年

孩子想打开白色的门

这太可怕了

孩子只在心里寻思

谁都不告诉

孩子捡起滚落的皮球

露珠在胳膊的汗毛上

发出黯淡的光

只一次、只是一次就好

孩子虽然这么想

但一次怎么够呢

每当蒲公英开花

孩子就在河边做梦

梦见真的打开门之后

那无可挽回的悲伤

大便

虽然圣经里没写

但是亚当也拉过大便吧

还有夏娃也在伊甸园的草丛里

拉过苹果的大便吧

人啊，自从出现在这个世界

不是就没停过

一直在拉大便嘛

虽说现在作为肥料的作用

也被抢走了

可大便从没有失去

它的气味儿和光泽

大便和历史一样古老

和每天的太阳一样崭新

可报纸从来不刊登它

Shuntarou Tanikawa

闪光的尺子

那是一把尺子
从没见过
这么大的尺子
插在
一望无际的草原上
秋阳下它闪闪发光
到底在量什么呢

我不禁跪了下来
从我的眼里
流下了泪水
啊，为什么
啊啊，到底为什么
我怎么就
把橡皮弄丢了呢

越游越远，越游越远

朝着水平线

游泳的长颈鹿

越游越远

波涛上露出细细的脖颈

两只角

微微冒出水面

肚子里

填着故乡树上的嫩芽

草叶

慢慢反刍

再反刍

越游越远，越游越远

海里的长颈鹿呀

我闭上眼睛
可仍听得见雨声
我堵上耳朵
可仍闻得到花香

我屏住呼吸
可时间还在流逝
我一动不动
可地球还在旋转

就算我不在
也有另一个孩子玩耍
就算我不在
也一定有彩虹架在天空

《一年级学生》　小学馆 1988 年

我以快递挂号信的形式到来

从未来的某一天

我的眼变成宝石

我的嘴变成玫瑰花瓣

打开蓝天之门

含着星星的碎片

大人哭时　我笑

把整个自己交给女孩

用手掌掬起太平洋

教鲸鱼算数

谁也阻止不了

我在梦中的迷路

幸福

我站着
太阳
亲我的额头
风
挠痒我的脖子
谁
一直看着我
我站着
昨天
让我拧大腿
明天
想把我带走
我很幸福

《孩子的肖像》　纪伊国屋书店 1993 年

Shuntarou Tanikawa

我不是孩子

我是我

我不是大人

我是我

我不是你

我是我

不知道是谁的决定

我从一出生就是我

所以今后

我要自己活下去

因为我绝对是我

什么都能当

甚至能成为外星人

我

不在了

我们

总有一天

会不在

把原野上摘的花

藏在背后

爸爸听不见

笛音的邀请

我们

总有一天

会不在

从天空得到的微笑

闪耀光芒

妈妈看不见

被星星领着

富士山很大

因为大而安静

看富士山时

心也变得很平静

太阳很明亮

因为明亮而新颖

太阳升起来了

心也焕然一新

《富士山与太阳》　童话社 1994 年

雨

下雨时
闻到泥土味儿
下雨时
脚底痒痒的

下雨时
大街安静下来
下雨时
想起过去的事

雷

天空啊

虽然一直忍着

偶尔会很生气

一边哭一边生气

这样呀

不是训孩子

而是训大人啊

这个混蛋，这个混蛋

Shuntarou Tanikawa

飞
机

飞机的翅膀
像刀子
对不起呀天空
很痛吧

但是请忍一忍
不要让飞机掉下来
婴儿也
坐着呢

大海

叔叔在某天早晨
去了大海
就再没回来
叔叔的歌唱得很好听

给我做过竹蜻蜓
带我去过庙会
长筒雨靴上沾着鱼鳞
为什么大海不知道呢

我穿着长筒胶鞋
踩上你让降下的刺眼的雪
喂，上帝
不要讨厌我

我用电子游戏炸毁了
你制造的闪烁的星
喂，上帝
不要讨厌我

再祈祷也没有回答
在宇宙的尽头睡着午觉
喂，上帝
不要讨厌我

无论你多么伟大
都没能让一场战争消失
喂，上帝
不要讨厌

大家欺负我时

《大家都温柔》　大日本图书社 1999 年

我想到了您

喂，上帝

不要讨厌我

马棚中又冷又暗

这里又亮又热得冒汗

喂，上帝

不要讨厌我

能光着脚用力踩住的星星

土的星星

夜间也散发馨香的星星

花的星星

一滴露水在大海中成长的星星

水的星星

草莓藏在路边的星星

好吃的星星

从远方传来歌声的星星

风的星星

各种语言诉说同样的欢喜和悲伤的星星

爱的星星

所有的生命总有一天共同休息的星星

故乡的星星

无数星星中唯一的一颗星星

我们的星星

我们的星星

Shuntarou Tanikawa

爱的消失

那家伙让我伤心
那家伙伤害我
那家伙打垮我
那家伙使我不幸
把责任都推给那家伙
我被那家伙囚禁

当我憎恨谁时
其实是在憎恨着我自己
当谁抱怨你时
是谁在抱怨着世界

越憎恨憎恶就会越膨胀
越抱怨爱就消失得越快

《健康、平静、柔美》 佼成出版社 2006年

Shuntarou Tanikawa

我都想过什么
它造就了现在的我
你都思考过什么
这就是现在的你

世界由大家的心而定
世界因大家的心而改变

婴儿的心是一张白纸
长大后变色
我的心是什么颜色?
想把心的颜色染得美丽

美丽的颜色一定幸福
如果透明会更加幸福

Shuntarou Tanikawa

当我伤害某人的时候
痛苦的是我
当你让某人痛苦的时候
受伤的是那个你

痛苦和伤害都随之而来
像影子一样无处不在

我让某人快乐的时候
幸福的是这个我
你让某人变得幸福的时候
快乐的是那个你

幸福和快乐在歌唱
像大海一样永远

影子和大海

Shuntarou Tanikawa

尽管是在妈妈肚子里

的羊水中游动

我已经在歌唱了

在青草的摇篮里

我听到了

蓝天唱给我的摇篮曲

《喜欢》

理论社 2006 年

吃饭时，嘴唇和舌头

也同汤匙、盘子，还有胡萝卜和红薯一起

歌唱

静夜里

我默默地和着

从寂静的彼岸传来的歌声

初吻时

那个人的身体在歌唱

我的身体也在歌唱……

我们生活着的这个星球的大气里

总是充满歌声

把欢喜与悲伤和痛苦化为一体

因此，我即使什么时候死去
也一定是在歌唱
哪怕没有人听到

你从哪儿来的呀，小河
从树叶上来的
从岩石之间来的
从天空来的

你跟谁一起玩儿呀，小河
我跟鳟鱼和鹡鸰一起玩儿
滚着小石子儿玩儿
跟竹叶小船玩儿

你喜欢什么呀，小河
喜欢来看水的小鹿
喜欢激起浪花的小孩
喜欢运载货物的船

你去哪儿呀，小河
越过山沟去村落
穿过桥去城镇
然后，变宽变大
长大了去海边

小河

Shuntarou Tanikawa

喜欢

喜欢傍晚的树林

喜欢迷路的蚂蚁

喜欢咬着整个苹果

蹭破的膝盖

虽说痛也喜欢

喜欢的东西

喜欢的事情

一直想喜欢下去

虽然也有讨厌的东西

说不定什么时候

就会变得喜欢

喜欢

喜欢妈妈

虽然总是吵架

喜欢

喜欢月亮

喜欢太阳

喜欢繁星

虽然数不过来

出生了呀，我
终于来到了这里
虽然眼还没睁开
耳朵也听不见
但我知道
这里是多么美丽的地方啊

所以请不要打扰：
我的哭、我的笑
我喜欢上的人
我的幸福

总有一天，我
为了离开这里
从现在起我写下遗言
希望山永远高耸
希望海永远碧绿
希望天空永远湛蓝

然后希望人忘记
曾经来过这里的日子

《孩子们的遗言》 佼成出版社 2009 年

Shuntarou Tanikawa

天空，谢谢你
今天也在我的上方
即使是阴天我也明白
你的湛蓝正向着宇宙扩散

花朵，谢谢你
今天也为我绽放
明天可能就谢了
但是馨香色彩已经是我的一部分

妈妈，谢谢你
生下了我
因为不好意思说出口
所以只说一次

但是是谁，又是为什么？
把我赋予我
向着无限的世界，我喃喃自语
"我"，谢谢你

Shuntarou Tanikawa

初次的心情

非常激动

不知如何是好

眼泪慢慢涌出来

但不是想哭

也不是悲伤

是难以言说的心情

体内有泉眼

是从这里涌出来的吧

这样的心情，初次的心情

大人都知道吧

我想对谁说

又不知道说什么好

只属于自己的秘密心情

《年轮蛋糕》

七六社 2018年

停不下来

一哭我就停不下来
哭得声泪俱下
想不哭却停不住
已经无泪可流
也不知道
为了什么悲伤

我真的想紧紧抱住母亲
但我已经
是一个顶天立地的男孩
不能撒娇
这么一想
我比以前更难过了

Shuntarou Tanikawa

外婆想去天空呢

想盖着云的被子睡觉

在有人叫醒之前

什么都不用看

什么都不用听

我也想去天空呢

想轻飘飘地漂浮着

不用学习

不用被虐待

老鹰和朋友发出咕咕的叫声

Shuntarou Tanikawa

谷川俊太郎　年谱简编

田原　编译

1931 年　出生

12 月 15 日，因剖腹产手术诞生于东京信浓町的庆应医院。系现代著名哲学家、文艺理论家（父）谷川彻三（36 岁）、（母）多喜子（34 岁）的独生子。

1936 年　5 岁

入高元寺圣心学院幼儿园。自幼年始，夏天的大部分时光在群马县北轻井泽（父亲的别墅）度过。山林中的自然景观是形成诗人感受性的一个核心之一。

1937 年　6 岁

入东京杉并区第二小学。担任过数次班长，但对学校没有留下快乐的记忆。热衷于制作模型飞机和组装半导体收音机。开始跟音乐学校出身的母亲学弹钢琴。

1944 年　13 岁

入东京都立丰多摩初中。被任命为班长。因身体一直低烧不退，休学一学期。是年 11 月，美国空军的 B-29 轰炸机开始大规模空袭日本领土。

1945 年　14 岁

5 月，东京遭受猛烈大空袭，骑自行车在家的附近目睹遍地烧死的尸体。7 月，与母亲一起疏散到京都府久世郡淀町外婆的家。9 月，转入京都府立桃山中学。是年 8 月 6 日和 9 日，美国分别在广岛、长崎投下原子弹。8 月 15 日，日本宣布无条件投降，第二次世界大战结束。

1946 年　15 岁

3 月，回到东京，在丰多摩中学（现为都立丰多摩高中）复学。开始迷恋贝多芬的音乐并深受感动。

1948 年　17 岁

受北川幸比古等周围朋友的影响开始诗歌创作。常常阅读父亲书架上的诗集，尤其喜欢读岩佐东一郎、近藤东、安西冬卫、永濑清子等易懂、幽默的诗歌作品。后接触中原中也、三好达治、立原道造、宫泽贤治、法国诗人苏佩维埃尔、波德莱尔、普列维尔和奥地利诗人里尔克及美国诗人惠特曼等诗人的作品，其中对苏佩维埃尔和普列维尔的作品留下深刻的印象。4 月 1 日，在校友会杂志《丰多摩》复刊二号上发表处女作《青蛙》。11 月，在同人诗志《金平糖》上发表《钥匙》和《从白到黑》两首均为八行的诗。

1950 年　19 岁

是年 1 月，日本现代诗人学会创立。在《萤雪时代》和《学窗》杂

Shuntarou Tanikawa

志上发表诗作。热衷于阅读《宫泽贤治童话集》。厌学情绪越来越激烈，数度抵抗老师。成绩下降，丧失高考志愿。3月毕业后，让父亲看写在笔记本里的诗作。12月，由诗人三好达治（父亲的友人）推荐给《文学界》杂志发表的《奈郎》等五首诗震撼文坛，后被称为是"前所未闻的一种新的抒情诗的诞生"。

1951 年　20 岁

　　2 月，在《诗学》诗刊的推荐诗人栏目里发表组诗《山庄 1、2、3》。为岩佐东一郎和城左门的诗深深感动。是年，由企业家平泽贞二郎提供奖金并以其姓氏第一个拼音字母命名的首届"H 氏诗歌奖"授给殿内芳树的诗集《断层》。

1952 年　21 岁

　　6 月，处女诗集《二十亿光年的孤独》由东京创元社出版。

1953 年　22 岁

　　5 月，与川崎洋、茨木则子、吉野弘、友竹辰、大冈信等成为《櫂》诗歌杂志的同人。12 月，诗集《62 首十四行诗》（是从 1952 年 4 月至 1953 年 8 月间创作的百余首十四行诗中选出的 62 首）由东京创元社出版。

1954 年　23 岁

　　6 月，与"荒原"派代表诗人之一的鲇川信夫在《文艺俱乐部》杂志开始选评诗歌作品(选评工作一直持续到 1956 年 1 月)。与剧作家、小说家岸田国士之女、诗人岸田衿子结婚。迁往东京谷中初音町住。

1955 年　24 岁

离婚。独自迁往东京西大久保。10 月,诗集《关于爱》在创元社出版。开始创作广播剧本。

1956 年　25 岁

9 月,第一本摄影诗集《绘本》由的场书房出版。

1957 年　26 岁

与新话剧演员大久保知子结婚。移住东京青山。9 月,散文集《爱的思想》由东京实业之日本社出版。广播剧本《男人之死》和《吵闹的住宅区》分别由 NHK 和文化放送社出版。是年,《诗学》杂志发表谷川俊太郎特辑。

1958 年　27 岁

4 月,《谷川俊太郎诗集》由东京创元社出版。9 月,在杉并家的旁边另筑新居。

1959 年　28 岁

与石原慎太郎、武满彻等一起参加《发言》专题研讨会。与大江健三郎在每日新闻社座谈。6 月,小田久郎创办《现代诗手帖》杂志。

10月，诗论集《给世界》由东京弘文堂出版。

1960年　29岁

长男贤作出生。创作的三场喜剧《散场》在四季剧团上演。4月，诗集《给你》由东京创元社出版。

1961年　30岁

居家潜心写作。生米高荣获首届《现代诗手帖》诗歌奖。思潮社开始编辑出版《现代诗手贴诗歌年鉴》。

1962年　31岁

1月至翌年12月，系列时事讽刺诗在《周刊朝日》的"焦点栏"连载。9月，诗集《21》由思潮社出版。散文集《亚当与夏娃的对话》由实业之日本社出版。歌词《一星期之歌》获日本唱片大奖的作词奖。是年，《现代诗手帖》4月号发表谷川俊太郎特辑。

1963年　32岁

长女志野出生。2月，赴巴西里约热内卢市观赏狂欢节。是年为手塚治虫的动漫电视连续剧《铁臂阿童木》创作主题歌歌词。

1964年　33岁

9月，诗集《九十九首讽刺诗》由朝日新闻社出版。参加东京奥林匹克纪录片的制作并撰写部分剧本。与音乐指挥家小泽征尔等座谈。

1965 年　34 岁

1 月，诗集《谷川俊太郎诗集》由思潮社出版。7 月，歌词集《日语练习》由理论社出版。11 月，系列组诗《鸟羽》在《现代诗手帖》上发表。12 月，参加《现代诗手帖》主办的以"日本人的经验"为题的诗歌研讨会，与金子光晴、鲇川信夫、谷川雁、大冈信、吉本隆明等对谈。是年分别出版有童话、童谣和绘本三种。

1966 年　35 岁

5 月，《诗和批评》在昭森社创刊。7 月，作为美日友好交流成员，应邀赴西欧和美国做为期 10 个月的访问旅行。在阿姆斯特丹国立博物馆初次观赏荷兰画家维米尔（Johannes Vermeer 1632—1675）的作品。

1967 年　36 岁

4 月，结束了对西欧和美国的访问归国。诗集《花朵的习惯》由理论社出版。翻译美国文学家韦伯斯特的代表作《长腿叔叔》在河出书房出版。为纪录片《京》写剧本。

1968 年　37 岁

1 月，诗集《爱情诗集》，5 月，《谷川俊太郎诗集〈日本诗人·17〉》分别由河出书房出版。11 月，诗画集《旅》（香月泰男配画）在求龙堂社出版。同月，诗集《谷川俊太郎诗集》由角川文库出版。诗画集《树》（堀文子配画）由至光社出版。是年 12 月，川端康成获诺贝尔文学奖。

1969 年　38 岁

开始翻译美国查尔斯·舒尔茨的漫画系列《花生》。参与大阪国际博览会筹备工作并撰稿。11 月，诗集《谷川俊太郎诗集〈现代诗文库27〉》由思潮社出版。另有五部翻译著作出版。其中绘本《游泳》畅销一百余万册。

1970 年　39 岁

4 月，应邀参加美国国会图书馆举办的华盛顿国际诗歌节。

1971 年　40 岁

3 月至 5 月，应美国学士院诗歌学会之邀，与田村隆一等在美国各地举行诗歌朗诵活动。7 月，全家赴欧洲旅行。9 月，诗集《俯首青年》由山梨丝绸中心出版社出版。另有童话和翻译著作七册分别由讲谈社、福音馆书店和现代日本教育社出版。

1972 年　41 岁

为导演阿瑟·佩恩、克洛德·勒卢什、市川昆、约翰·施莱辛格、米洛斯·福尔曼、梅·扎特林、尤里·奥泽洛夫、米夏埃尔·普夫勒加尔等八位导演共同执导的奥林匹克纪录片《八个视点》撰写剧本（另外两位剧本作者为 David Hughes、Deliara Ozerowa）。8、9 月去慕尼黑观看奥林匹克比赛。诗集《谷川俊太郎诗集〈日本的诗集 17〉》由角川文库再版。11 月，随笔集《散文》由晶文社出版。诗集《语言游戏之歌》四册由光之国社和福音馆书店出版。

1973 年　42 岁

　　参加电影《流浪》的剧本创作。10月，诗集《语言游戏之歌》由福音馆书店再版。11月，特辑《谷川俊太郎与他的世界》由青土社出版。童话两册和翻译著作两册分别在新进社和好学社出版。是年《现代诗手帖》6月号发表谷川俊太郎特辑。

1974 年　43 岁

　　5月，诗集《小鸟在天空消失的日子》由三丽鸥出版社出版。11月，诗集《独身卧室》由千趣会出版。另有与父亲等人的《对谈集》和童话、译著等数册由昴书房盛光社、河出书房新社出版。

1975 年　44 岁

　　5月，与大冈信的对谈集《诗的诞生》由标准石油公司的广告部出版。9月，诗集《夜晚，我想在厨房与你交谈》《定义》分别由青土社和思潮社出版。与武满彻等人的对谈和《谷川俊太郎答33个提问》由出帆社出版。译著《鹅妈妈》获日本翻译文化大奖。是年英文版诗集《旅》（W.I.艾略特、川村和夫 译）由美国 Prescott Street Press 出版后，数次再版。《现代诗手帖》临时增刊出版谷川俊太郎专辑。

1976 年　45 岁

　　2月，童谣集《无人知道》由国土社出版。散文集《十元钱》、童话《我》，以及《鹅妈妈童谣》的1、2、3、4、5等十五部译著分别由福音馆书店、岩波书店、草思社、富山房等出版社出版。是年辞退诗集《夜晚，我想在厨房与你交谈》和《定义》被授予的"高见顺诗歌奖"。

1977 年　46 岁

　　6 月，应邀赴荷兰鹿特丹参加国际诗歌笔会。同月，随笔集《三三五五》由花神社出版。8 月，诗集《新选谷川俊太郎诗集〈新选现代诗文库 104〉》《由利之歌》分别由思潮社和昴书房出版。9 月，与大冈信的对谈集《批评的生理》由标准石油公司的广告部出版。是年绘本三册、译著四册分别由文研社和草思社等出版社出版。

1978 年　47 岁

　　4 月，女儿志野赴美国留学。为电视节目《卢布美术馆》写台词。9 月，诗集《质问集》由书肆山田社出版。另有绘本、童话、译著七部出版。

1979 年 48 岁

　　2 月，诗集《谷川俊太郎诗集·续集》由思潮社出版。3 月，与河合准雄的对谈集《灵魂里不需要手术刀》由朝日出版社出版。6 月，诗集《另外》由集英社出版。11 月，诗集《椊·连诗》由集英社出版。是年有七部童话、随笔集分别由朝日出版社等出版社出版。有八部绘本和童话，以及有七部译著分别由讲谈社等出版社出版和再版。《ユリイカ》9 月号发表谷川俊太郎特辑。

1980 年　49 岁

7 月，赴美国加利福尼亚州访问《花生》的作者查尔斯·舒尔茨。9 月，诗集《朝向地球的野游》由教育中心社出版。10 月，诗集《可口可乐课程》由思潮社出版。随笔集《暖炉棚上的陈列品一览》等三册由书肆山田社出版。译著五部由佑学社等出版社出版。是年英文版诗集《夜晚，我想在厨房与你交谈》（W.I.艾略特、川村和夫 译）由美国 Prescott Street Press 出版社出版。《国文学》杂志 10 月号发表谷川俊太郎特辑。

1981 年　50 岁

3 月，长男贤作结婚。5 月，诗集《语言游戏之歌·续》由福音馆书店再版。10 月，儿童诗集《童谣》由集英社出版。与大江健三郎等的对谈集《自己心中的孩子》由青土社出版。另有对谈集、随笔集、散文集五册、童话集三册、译著七册出版和再版。

1982 年　51 岁

3 月，儿童诗集《童谣·续》由集英社出版。6 月，诗集《倾耳静听》由福音馆书店出版。7 月，在东京举办个人摄影展，摄影集《SOLO》出版。11 月，诗集《日子的地图》由集英社出版。另有随笔八册、童话和绘本六册、译著四册分别由每日新闻社等出版社出版和再版。是年与妻子知子分居。辞退该年度被授予的"艺术选奖文部大臣奖"，理由是不接受国家和跟政治团体有关的任何奖项。

1983 年　52 岁

2 月，诗集《日子的地图》获读卖文学奖。诗集《吓一跳》由理论社出版。3 月，诗集《现代诗人 9·谷川俊太郎》由中央公论社出版。5月，寺山修司去世。6 月，与寺山修司之间的《影像书信》影像片完成。与诗人正津勉的《对诗》诗集由书肆山田出版。7 月，开始创作预定在话剧集团圆上演的剧本《轰隆在哪里》。另有两册随笔、八册童话和绘本、四册译著由富山房等出版社出版。是年，诗集《谷川俊太郎诗选》（H.Wright 译）由美国 North Point Press 出版社出版。

1984 年　53 岁

1 月，与大冈信之间的书信集《在诗和世界之间》由思潮社出版。2 月，母亲多喜子去世。4 月，诗集《信》由集英社出版。10 月，应美国纽约诗学中心邀请，在美国各地进行诗歌访问和朗诵活动。11 月，诗集《日语教程》由思潮社出版。12 月，诗集《揭开诗歌》由长勺出版社出版。另有其他著作和编著十余册出版。

1985 年　54 岁

4 月，儿童诗集《童谣》的合订本由集英社出版。5 月，儿童诗集《无聊的诗》由青土社出版。随笔集《以语言为中心》由草思社出版。8月，赴北欧旅行。诗集《凝望天空的蓝·谷川俊太郎诗集 上》（大冈信编）、《早晨的形状·谷川俊太郎诗集 下》（北川透 编）由角川文库出版。10 月，随笔集《走到"嗯"为止》由草思社出版。11 月，应美国纽约国际诗歌委员会之邀，在美国进行诗歌朗诵旅行。是年，儿童诗集《无聊的诗》获得现代诗花椿奖。

1986年　55岁

3月，剧本《何时、现在》由话剧集团圆上演。6月，赴希腊旅行。9月，偕父亲赴欧洲旅行。是年，有六册随笔和编著出版和再版。童话两册、译著两册出版。英文版诗集《可口可乐课程》（W.I.艾略特、川村和夫 译）由美国 Prescott Street Press 出版。

1987年　56岁

1月，自己制作的影像带在冬芽社出版后开始在市场上贩卖。3月，剧本《何时、现在》获齐田乔戏曲奖。10月至11月，与川村和夫和W.I.艾略特一起参加在美国纽约举行的诗歌朗诵会。之后，与大冈信等一起赴西德参加连诗创作活动。12月，诗集《一年级学生》由小学馆社出版。

1988年　57岁

5月，自己制作的盒式录音带《自作自咏》由草思社出版。创作的剧本在话剧集团圆上演。7月，诗画集《裸体》（佐野洋子 画）由筑摩书房出版。思潮社出版《谷川俊太郎的宇宙论》特辑。10月，诗集《裸体》获野间儿童文艺奖。11月，诗集《一年级学生》（和田诚 插图）获小学馆文学奖。12月，诗集《忧郁顺流而下》日、美同时出版。日本为思潮社，美国为 Prescott Stress Press、Sicho-sha 出版社。英文版由 W.I.艾略特和川村和夫译。是年，与大冈信、H. C.Artman、Oskar

Passtior 一起作的四人连诗选《VIER SCHARNIERE MIT ZUNGE》在德国出版。斯洛伐克语版诗集《谷川俊太郎诗选》（Katarina Mikulova、Mila Hougova、桑原文子 译）由斯洛伐克 Kruh Milovnikov Poezie 出版社出版。是年《现代诗手帖》11月号发表谷川俊太郎特辑。

1989 年　58 岁

3月，连诗诗集在岩波书店出版。4月，与大冈信的对谈集《现代诗入门》由中央公论社再版（初版为 1985 年 8 月）。9月，父亲去世。10月，与知子离婚。是年，随笔两册、童话三册、译著六册等出版。由 W.I. 艾略特和川村和夫共译的诗集《忧郁顺流而下》获第十届美国书刊奖。

1990 年　59 岁

4月，《谁?》（井上洋介 配画）由讲谈社出版。5月，与佐野洋子结婚。9月，应作家同盟的邀请，与高良留美子等赴苏联访问旅行。10月，与大冈信一起在德国法兰克福参加连诗活动。之后，赴法国和摩洛哥旅行。12月，诗集《灵魂的最美味之处》由三丽鸥出版社出版。另有随笔三册、译著六册分别由国土社等出版社出版。是年，德语版诗选集《朝向地球的郊游》（E.Klopfenstein 译）由德国 Insel Verlag 出版社出版。

1991 年　60 岁

3月，诗集《致女人》由杂志书房出版社出版。文学杂志《鸽》三月号发表《谷川俊太郎特辑》。至4月末，在檀香山和纽约旅行滞留。5月，诗集《关于赠诗》由集英社出版。10月，与白石嘉寿子等一起在英格兰、威尔士、苏格兰各地进行诗歌朗诵及连诗创作活动。另有童话三册、译著两册分别有讲谈社等出版社出版。英译本诗集《悠扬动听的日本诗》（附带CD光盘）由岩波书店出版。是年，日英对照版诗集《无聊的诗》（W.I.艾略特、川村和夫 译）由青土社出版。

1992年 61岁

3月，诗集《致女人》获丸山丰现代诗纪念奖。6月，应邀赴荷兰鹿特丹参加国际诗歌笔会。9月，参加关东学院大学举办的诗歌讲座及朗诵会。是年，处女诗集《二十亿光年的孤独》（增订版）由三丽鸥出版社出版。英文版诗集《62首十四行诗+定义》（W.I.艾略特、川村和夫 译）由美国Katydid Books出版社出版。

1993年 62岁

1月，诗集《这就是我的温柔·谷川俊太郎诗集》由集英文库出版。3月，赴巴勒斯坦耶路撒冷参加国际诗歌节。4月，参加在伦敦举行的诗歌朗诵会。诗集《十八岁》《孩子的肖像》分别由东京书籍出版社和纪伊国屋书店出版。5月，诗集《不谙世故》由思潮社出版。6月，同大冈信一起与瑞士诗人举行连诗创作活动。7月，《谷川俊太郎诗集·续》（增订版）、《谷川俊太郎诗集·续续》由思潮社出版。同月，《现代诗手帖》杂志发表《现在、诵读谷川俊太郎》特辑。10月，诗集《不谙世故》获首届萩原朔太郎诗歌奖。11月，参加在法国举办的国际诗歌展览会。是年，散文、随笔四册在新潮社等出版社出版。译著四册在讲谈社等出版社出版。制作的影像带被河出书房翻译成英文出版。

1994 年　63 岁

1月，儿童诗集《富士山和太阳》(佐野洋子 插图) 由童话社出版。1月至5月，在前桥文学馆举办个人创作展。6月，赴印度尼西亚的巴厘岛旅行。9月，赴黎巴嫩旅行。10月，赴伦敦参加国际写作笔会。11月，编著《母亲的情书》由新潮社出版。与高田宏和吉本芭娜娜的对谈集《不可思议的三角宇宙》由广济堂社出版。是年10月，大江健三郎获诺贝尔文学奖。

1995 年　64 岁

1月，诗集《听莫扎特的人》(附带自己朗诵的 CD 光盘) 由小学馆出版。2月，赴夏威夷旅行。英文版诗集《Traveler ／日日》(W.I. 艾略特、川村和夫　译) 出版。5月，诗集《与其说纯白》由集英社出版。10月，为瑞士画家克利 (Klee) 的画配诗的《克利的画册》诗画集由讲谈社出版。11月，《国文学》杂志发表《语言朴素的面孔—谷川俊太郎特辑》。同月赴洛杉矶旅行。《国文学》11月号发表谷川俊太郎特辑。

1996 年　65 岁

1月，因创作业绩突出获朝日新闻文化奖。2月，挚友、音乐家武满彻去世。从此年始，为配合音乐家的儿子贤作的乐队 DIVA 进行演奏和诗歌朗诵活动，从此开始疏远日本现代诗的专业杂志。4月，与大江健三郎、河合隼雄的对谈集《日语和日本人的心》由岩波书店出版。7月，与佐野洋子离婚。同月，为摄影家荒木经惟的人体写真配诗的《温柔不是爱》诗与图画集由幻冬社出版。12月，在尼泊尔加德满都与当地诗人举行诗朗诵。是年，英文版诗集《裸体》（W. I. 艾略特、川村和夫 译）由美国 Stone Bridge Press、Saru Press International 出版社出版。日英文对照诗集《二十亿光年的孤独》（译者与前书相同）由北星堂书店出版。英文版诗选《日子的地图》（Harold Wright 译）由美国 Katydid Books 出版社出版。

1997年　66岁

3月，赴澳大利亚帕斯旅行。9、10月，与《DIVA》乐队一起在九州、关西、北海道等地巡回演出。

1998年　67岁

3月，与 DIVA 乐队一起赴美国东海岸做演奏、诗朗诵和录音旅行。5月，赴悉尼参加作家笔会。6月，新版《谷川俊太郎诗集》由角川书店春树文库出版。10月，赴北京、上海观光。归国后参加 NHK 电视台举办的"诗歌拳击"比赛，两个多小时的舌战后击败对方获胜。同月，诗集《大家都温柔》由大日本图书社出版。11月，赴伦敦和鹿特丹参加国际诗歌笔会。英文版诗集《谷川俊太郎诗选》（W. I. 艾略特、川村和夫 译）由英国 Carcanet 出版社出版。是年，该诗选获得英国最大的 Sasakawa 财团翻译奖。

1999 年　68 岁

3 月，《谷川俊太郎作品辑》被译成中文在第二期《世界文学》上发表。7 月，应邀出访印度。诗、文、歌词合集《BRUTUS 图书馆·谷川俊太郎》在杂志屋出版社出版。9 月下旬起，初次以诗人身份在中国沈阳、北京、郑州、重庆、昆明、上海等地进行了为期半个多月的诗歌访问、演讲和朗诵活动，在中国诗界引起反响。是年，希伯来语版诗集《致女人》（A.Takahashi、Amir Or 译）由以色列 Modan Publishing House、Tel-Aviv 出版社出版。

2000 年　69 岁

1 月，《谷川俊太郎诗全集》的 CD-ROM 光盘在岩波书店出版。2 月，日、英文对照诗集《俯首青年》（矢口以文、盖吕·戴伊亚 译）由响文社出版。5 月，应邀赴丹麦参加丹麦语版诗集《对苹果的执着》（Torifumi Yaguchi、Cary Tyeryar 译）的出版发行式。之后，在哥本哈根做诗歌朗诵活动，并赴瑞典的马尔默参加国际诗歌节。8 月，《鸽》杂志发表《谷川俊太郎绘本特辑》。10 月，与大冈信等赴荷兰鹿特丹参加连诗创作活动和在此举行的日、荷连诗发布会。同月，为瑞士画家克利（Klee）的画配诗的《克利的天使》诗画集由讲谈社出版。11 月，在《周刊星期五》杂志上与筑紫哲也、宫泽和史对话。

2001 年　70 岁

3 月，应诗人麦城之邀，赴大连、北京、苏州和上海进行诗歌访问。7 月底至 8 月初，赴美国旅行。10 月，编著《诗是何物》诗选集由筑摩书房社出版。12月，散文集《独身生活》由草思社出版。

2002年　71岁

1月，散文集《打开风口》由草思社出版。2月,《谷川俊太郎诗集》（系六部诗集的合集）由思潮社出版。5月，应邀赴南非参加国际诗歌笔会。同月，《三田文学》杂志发表专访特辑《我的文学》。6月，汉语版的《谷川俊太郎诗选》由作家出版社出版。7月，赴华参加在北京大学举行的汉语版《谷川俊太郎诗选》的首发式。之后，赴昆明、上海进行诗歌交流活动。8月，散文集《沉默的周围》由讲谈社出版。10月，日英文对照诗集《minimal》由思潮社出版。是年《现代诗手帖》5月号发表谷川俊太郎特辑。

2003年　72岁

3月，应国际交流基金邀请，赴德国、法国等地参加诗歌朗诵活动。3月至10月，在东京池袋一家书店临时兼任"谷川俊太郎书店"店长。5月，蒙古语版诗集《谷川俊太郎诗选》在乌兰巴托出版。6月，谷川俊太郎、田原、山田兼士合著的对话集《谷川俊太郎诗话》由澪标（Miotsukushi）社出版。10月，诗集《午夜的米老鼠》由新潮社出版。

2004年　73岁

1月，第二册汉语版的《谷川俊太郎诗选》由河北教育出版社出版。7月，写真诗集《早晨》《黄昏》《写真 = 吉村和敏）由Arisu社出版。

10月，对谈集《谷川俊太郎读〈诗〉》（与田原、山田兼士合著）由澪标社出版。英语版诗集《不谙世故》和法语版诗集《克利的天使》分别在美国和法国出版。应约创作的歌词《世界的约定》被宫崎骏的动漫电影《哈尔的移动城堡》作为主题歌使用，这首歌由歌手、作曲家木村弓谱曲，音乐家久石让编曲。

2005 年　74 岁

3月，第二册的汉语版《谷川俊太郎诗选》获得第二届"21 世纪鼎钧文学奖"，出席在北京举行的授奖式。5月，诗集《夏加尔与树叶》由集英社出版。6月至7月，应邀参加在哥伦比亚麦德林举办的国际诗歌节。英文版诗集《关于赠诗》和《裸体》分别在英国出版。是年，诗集《裸体》在尼泊尔出版，诗选集在马其顿等国家出版。

2006 年　75 岁

1月，诗集《夏加尔和树叶》及《谷川俊太郎诗选集 1—3 卷》（田原 编）获得第 47 届每日新闻艺术奖。5月，诗集《喜欢》由理论社出版。8月，应诗人骆英之邀，赴中国安徽黄山、宏村观光并在北京大学与中国诗人和学者座谈。同月，应邀在贝尔格莱德朗诵诗歌，其后参加马其顿国际诗歌节。诗集《夏加尔和树叶》的丹麦语版在丹麦出版。应邀参加在挪威举办的国际诗歌节，其后应邀在哥本哈根朗诵诗歌。11月，歌词集《歌本》由讲谈社出版，同月的《现代诗手帖》发表谷川俊太郎特辑。12月诗集《定义》（汉语和英语的对译）在新加坡出版。同月，对谈集《诗人和绘本》由讲谈社出版，写真诗集《照片里的天空》（写真＝荒木经惟）由 Aton 社出版。是年，英文版诗选集在美国出版。

2007 年　76 岁

8月，《谷川俊太郎质询箱》由保姆日刊新闻社出版。10月，赴乌兰巴托参加中、日、蒙诗歌对话活动，第二本蒙古语版诗选在乌兰巴托出版并被授予蒙古国最高文化勋章。11月，诗集《我》由思潮社出版。是年，诗集《不谙世故》的西班牙语版在墨西哥出版。塞尔维亚语诗选集在塞尔维亚出版。

2008 年　77 岁

2月，日英文对照文库版《二十亿光年的孤独》由集英社出版。3月，诗集《我》获得第23届诗歌文学馆奖。从4月4日的《朝日新闻·夕刊》开始连载短诗（每月一首）。《现代诗手帖》四月号发表谷川俊太郎特辑。5月赴北京旅游。同月，应邀赴瑞士等国朗诵诗歌。10月，《谷川俊太郎校歌词集》由澪标社出版。诗集《克利的天使》的德语版分别在柏林和瑞士出版。诗集《夏加尔和树叶》的英文版在英国出版。是年，与觉和歌子共同执导的电影《我是海鸥》上映。

2009 年　78 岁

8月初，应邀赴阿拉斯加参加诗歌活动，下旬，赴北京旅游。5月，诗集《特隆姆瑟拼贴画》由新潮社出版。7月，文库版诗集《62首十四行＋36》由集英社出版。9月，诗集《诗之书》由集英社出版。是年多部外国语版诗选集分别在韩国、印度和丹麦等国家出版。《诗之船》杂志发表谷川俊太郎儿童诗特辑。

2010 年　　79 岁

1 月，*Coyote* 大型杂志发表二百多页码的《谷川俊太郎去阿拉斯加》特辑。诗集《特隆姆瑟拼贴画》获得第一届鲇川信夫诗歌奖。8 月，中日文对照版诗选《春的临终——谷川俊太郎诗选》由香港牛津大学出版社出版。9 月，出席诗人北岛主持的首届"国际诗人在香港"，香港城市大学图书馆举办小规模的谷川俊太郎图书展。同月，诗选集《我的心太小》（田原 编）由角川学艺出版社出版。

2011 年　　80 岁

1 月，与摄影家伴田良辅合著的摄影诗集《乳房》由德间书店出版。为自己的摄影作品配诗的作品集《东京叙事诗及其他》由幻戏书房出版。翻译绘本六册分别由集英社等出版社出版。童话集三册由福音馆书店等出版。10 月，在东京与美国诗人加里·斯奈德对话和朗诵。是年，获得第三届中坤诗歌奖。

2012 年　　81 岁

4 月，2011 年上市的电子版诗集《iphone 软件》获得"2012 年度电子书籍奖"的文艺奖。5 月，在开设的正式网页上发表短文和汇报活动近况。7 月，纪伊国屋书店跟踪拍摄一年多的专题片《诗人谷川俊太郎》DVD 上市。6 月，七六社定期出版《谷川俊太郎诗歌邮件》。

2013 年　82 岁

1 月，自选集《谷川俊太郎诗集》由岩波书店出版。2 月，《写真》由晶文社出版。6 月，在朝日新闻连载五年的短诗集《心》由朝日新闻社出版。

2014 年　83 岁

1 月，绘本《金井君》由东京糸井重里事务所出版，引起社会反响。8 月，诗集《对不起》由七六社出版。《现代诗手帖》九月号发表讨论诗集《心》的特辑。10 月，应邀参加台北诗歌节。11 月，写真诗集《雪国的白雪公主》由 PARCO 社出版。同月，诗集《晚安，诸神》由七六社出版。

2015 年　84 岁

2 月，写真诗集《恐龙人间》由 PARCO 社出版。4 月，诗集《关于诗》由思潮社出版。7 月，诗集《你与我》由七六社出版。同月绘本《不打仗》由讲谈社出版。8 月 16 日每日电视台在备受欢迎的《情热大陆》播放跟踪拍摄的《诗人谷川俊太郎》。最新英文版诗选 *New Selected Poems* 在英国出版。12 月，处女诗集《二十亿光年的孤独》(中日文对照)和《谷川俊太郎诗选》由台湾合作社同步出版。

2016 年　85 岁

3 月，《关于诗》获得三好达治诗歌奖。9 月至 10 月，静冈县三岛市的"大冈信语言馆"举办"谷川俊太郎展"。10 月，岩波书店出版发行五十四册诗集的电子图书。8月，新编《谷川俊太郎诗选》由人民文学出版社出版。

2017年　86岁

　　4月，大冈信去世。6月，在明治大学举办的大冈信告别式上朗诵诗歌。札幌市内以谷川俊太郎名字命名的第一家"俊咖啡"店开业。10月，获得台湾太平洋国际诗歌"累积成就奖"。跟读卖新闻记者尾崎真理子的对话集《被叫作诗人》由新潮社出版，与觉和歌子的合著的《对诗2马力》由七六社出版。11月，在香港国际诗歌节以"古老的敌意"为题与阿多尼斯对话，之后赴厦门参加诗歌朗诵和签售会。

2018年　87岁

　　1月13日至3月25日，"谷川俊太郎展"在东京歌剧城艺术馆举行。1月，诗文集《你好》由七六社出版。5月，跟佐野洋子合著的诗与小说集《两个夏天》由小学馆改版再版。汉语版《我》《定义》和《minimal》三本诗集的合集《我》由人民文学出版社出版。6月，山田馨编《童谣》由童话社出版。9月，《那时，诗在身旁——谷川俊太郎诗选》由大和书房出版，儿童诗集《年轮蛋糕》由七六社出版。11月，汉语版中日文对照版《三万年前的星空》由江苏凤凰文艺出版社出版。12月，随笔集《关于幸福》由七六社出版。

2019年　88岁

　　4月，诗集《普通人》由株式会社开关出版社出版。6月，文库版诗选《我的胸很小》由集英社出版。7月，爱情诗选《恋爱是一件小题大做的事》由中信出版社出版。9月，获得建筑设计界的TORAFU奖。11月，获得2019年度日本国际基金奖。12月，诗选集《谷川俊太郎诗集·刚刚》由讲谈社出版。

写诗是我的天职——谷川俊太郎访谈　　　田原

田：　回顾您半个多世纪的创作历程，准确说您步入诗坛是出于被
　　　动式的"被人劝诱"所致，而不是来自自我原始冲动的"自发
　　　性"。从现象学上看这是"被动式"的出发。但恰恰是这种偶
　　　然的诱发，使您走上了写作道路。从您受北川幸比古等诗人
　　　的影响开始写作，到您在丰多摩中学的校友会杂志《丰多摩》
　　　（1948 年 4 月）复刊二期上发表处女作《青蛙》，以及接着在同
　　　人杂志《金平糖》（1948 年 11 月）上发表两首均为八行的《钥匙》
　　　和《从白到黑》时为止，那时作为不满 17 岁的少年，您是否已
　　　立志将来做一位诗人？或靠写诗鬻文为生？能简要地谈谈您当
　　　时的处境、理想和心境吗？

谷川：回忆半个多世纪以前的梦想和心境，我想对于谁都是比较困难
　　　的吧。在我有限的记忆中，我当时的梦想是：用自己制作的短
　　　波收音机收听欧洲的广播节目和自己有一天买一辆汽车开。至
　　　于心境，因为当时怎么都不想去上学，所以一想到将来如何不
　　　上大学还能生活下去，就会有些不安。

田：　从您的整体作品特点来看，您诗歌中饱满的音乐气质和洋溢着的哲理情思，都无不使人联想起您的家庭背景——父亲是出身于京都大学的著名哲学家和文艺批评家，母亲是众议院议员长田桃藏的女儿，且又是谙熟乐谱会弹钢琴的大家闺秀（她也是您儿童时代学弹钢琴的启蒙老师）。在这样的家庭环境中长大，比起与您同时代一起在战败的废墟上成长起来的尤其是那些饱受过饥饿与严寒、居无定所在死亡线上挣扎的诗人，您可以说是时代的幸运儿。尽管 1945 年的东京大空袭之前，您与母亲一起疏散到京都外婆的家，之后返回东京时目睹了美国大空袭后的惨景。可是作为有过战争体验和在唯一的原子弹被害国成长起来的诗人，您似乎并没有刻意直接用自己的诗篇去抨击战争和讴歌和平。战后的日本现代诗人当中，有不少诗人的写作几乎是停留在战争痛苦的体验里，即战争的创伤成了他（她）们写作的宿命。我曾在论文里分析过您的这种现象，与其说这是经验的逃避或"经验的转嫁"，莫如说是您把更大意义的思考——即对人性、生命、生存、环境和未来等的思索投入到了自己的写作中，这既是对自我经验的一种超越，更是一种新的挑战，不知您是否认同我的观点。

谷川：　我经历过 1945 年 5 月东京大空袭，疏散到京都是在其后。大空袭的翌晨，跟友人一起骑车到我家附近，在空袭后烧毁的废墟里，看到了横滚竖躺烧焦的尸体。尽管当时半带凑趣的心情，但那种体验肯定残留在了我的意识之中。可是，与其说我不能用历史性和社会性的逻辑去思考这种体验（因为当时我还是个孩子，不具备这种天赋），莫如说我接纳了人类这种生物身上实际存在的自古至今从未停止的互相争斗、互相残杀的一面。在这层意义上，你的观点也许是对的。但在我的内心并没有将其语言化为"既是对自我经验的一种超越，更是一种新的挑战"，这跟我个人缺乏历史感觉有直接关系。不过，顺便加一句，最近，我在报纸上偶然读到齐藤野（据说是高山樗牛的弟弟）以拉斯金、左拉、易卜生为例进行的阐述，"在他们面前不存在国家、社会和阶级，只有人生和人生的尊严"这句话引起了我的强烈共鸣。

田：　在您的写作生涯中，一位诗人的名字对于您应该永远是记忆犹新的。他就是把您的作品推荐到《文学界》（1950年12月号）发表的三好达治。这五首诗的发表，不仅使您一举成名，而且也奠定了您在诗坛的地位。三好在您的处女诗集《二十亿光年的孤独》的序言里，称您是意外地来自远方的青年，他的"意外"和"远方的青年"即使在今天我相信不少读者对此仍有同感。"意外"无外乎是他没有预料到在战后的日本会有您这样的诗人诞生，"远方的青年"应是他对您诗歌文本的新鲜和陌生所发出的感慨。与中国诗人的成长环境不同的是，不但在战后，即使是现在，大多数的日本诗人几乎都是团结在自己所属的同人杂志的周围，他们的发表渠道也几乎都是通过自己的同人杂志与仅有的读者见面。我曾查阅过二十世纪五十年代以后创刊的同人杂志，洋洋千余种，让人目不暇接。单是 1950 年一年内有记载的就有三十余种创刊。五六十年代可以说是日本现代诗的文艺复兴期，产生了不少有分量的诗人。某种意义上，也可以说是时代为他们留下不可磨灭的声音提供了机遇。在这样的文学环境下，您的处女诗集在父亲的资助下以半自费的形式在创元社出版，请问在您当时看到自己新出版的诗集时，是否已明确了自己以后的写作目标和野心？对于刚刚涉足诗坛的您来说，是否存在您无法超越的诗人？若有，他们是谁？

谷川： "写作目标"对于我是不存在的，是否有称得上"野心"的强烈希求也值得怀疑。尽管如此，我还是想到了靠写作维生，因为除此之外我没别的才能。而且那时对诗坛这一概念也没有当真的相信过，虽说也有敬畏的诗人，但我从没有过超越他们的想法。当时，我曾把自己想象成一匹独来独往的狼。因为那时对于我来说，比起诗歌写作，实际的生活才是我最为关心的事。例如，我曾把没有固定工作、靠写诗和写歌词、翻译歌词和创作剧本维生的野上彰的生存方式作为了一种人生理想。

田： 1953 年 7 月，您成为刚创刊的同人诗刊《棹》的成员之一。这本同人诗刊也是日本战后诗坛的重要支流之一，它的重要性完全可以跟崛起于战后日本诗坛的"荒地"和"列岛"两大诗歌流派相媲美。您作为这两大诗歌流派之后成长起来的"第三期"诗人群中的重要代表，迅速从战争和意识形态的束缚中解脱出来，确立了自己独特的都市型诗风。当然，这跟那时日本社会受美国式的都市型的社会生活环境的影响有关，生存的悲喜和不安以及伴随着它的精神龟裂是你们抒写的主旋律。我曾在您的书房翻阅过出版于不同年代的这本杂志，从每期不难看出，《椊》是同人轮流编辑出版的。但在翻阅中我发现，《椊》好像停刊过很长时间，其原因是什么？另外，与其他形成了统一的创作理念、近似于意识形态化的同人诗刊相比，《椊》的存在更引人瞩目，它朴素、活泼、自由而又富有活力。茨木则子的深沉；大冈信的睿智；川崎洋的幽默；吉野弘的智性。还有岸田衿子、中江俊夫、友竹辰等。您能否在此简要地谈谈《椊》的各位同人的诗歌特点，以及它在日本战后诗坛里的存在意义。

谷川：　停刊是因为同人们已经有了足够的发表园地。再就是，我们同人之间的关系因为比较散漫，不仅没有团结一致朝向相同的写作目标，而且还把各自意见的分歧作为了乐趣。至于各位同人的诗歌特征和《椊》在日本战后诗坛里的存在意义，还是交给批评家们评说吧。

田：　　二十世纪五十年代，您先后出版了《二十亿光年的孤独》《62 首十四行诗》《关于爱》《绘本》《爱的思想》等诗文集。这些诗文集里有不少脍炙人口的诗篇，它们代表着您起步的一个高度。诗人中好像有两类：一类年少有为，一起步就会上升到须仰视才见的高度；另一类是大器晚成，起初的作品不足挂齿，但经过长久的磨练，诗越写越出色。很显然您属于前者。我个人总是愿意执拗地认为，划时代性的大诗人多产生于前者，而且我还比较在意作为诗人出发时的早期作品，因为早期作品往往会向我们暗示出一位诗人在未来是否能够成为大器的可能性，或者说诗人的初期作品会反照出他以后的作品光泽。这或许就是所谓的天赋吧，天赋这个词本身就带有一定的神性，如果把这个词语拆开也可理解为上天的赋予。一位诗人为诗天赋的优劣会决定他文本的质量和作为诗人的地位以及影响。当然，光凭先天的聪慧，缺乏积极的进取、体悟、阅读、知识和经验的积累等都是很难抵达真正的诗歌殿堂的。但话反过来，如果缺乏作诗的天分，只靠努力是否能成为大器也很值得怀疑。其实我们周围的大部分诗人多产生于后者，我不知道您是否也迷信"天赋"这一概念，若只思考该词本身，它的意义显得空洞乏味，不知道您是怎样理解天赋与诗人之间的关系的？

谷川： 虽说我不清楚是来自于 DNA（遗传基因）还是成长经历，抑或是二者综合作用的结果所致，但我认为是有适合诗歌写作的天分的。我创作了很长时间之后，才恍惚觉得诗歌写作说不定是我的"天职"，但同时，这种"天职"也促使我觉悟到作为适合诗歌写作者的其他缺陷。

田： 您从少年时代就跟着美国的一位家教学英语，您也是我交往的日本诗人中英语说得最为流利和标准的一位，而且还翻译出版了三百多部图书。谙熟英语，是否对您的写作有直接影响？或者是否可以说英语拓宽了您母语的表现空间？活跃在当今国际诗坛上的希尼、加里·斯奈德，甚至作家米兰·昆德拉等，这些诗人作家中大部分都是与您交往已久的朋友，您对他们作品的阅读是通过别人的翻译还是直接读他们的原文？另外，在与您交往的当代各国诗人当中，谁的作品给您留下的印象最为深刻？

谷川： 我英语并不熟练，口语也没那么流畅，所以我从未过分相信过自己的英语。我的英语翻译大都局限在平易的童谣和绘本。但是，亲近英语拓宽了我母语的表现空间确是事实（比如，通过翻译《鹅妈妈》，我受到启发，创造了用假名表记的日语童谣的新形式）。我几乎没有用原文阅读过外国现代诗，交往的比较熟悉的外国诗人中，我多少受到了加里·斯奈德为诗为人的影响。

田： 您曾在随笔里称，二十世纪五十年代的《62首十四行诗》是从您创作的百余首十四行诗中挑选出来的。六十年代初您接着又出版了另一部十四行诗集《旅》，这两部诗集在您的创作中占有一定的比重。十四行诗据说最初起源于文艺复兴时期的意大利，之后流行于英、法、德等国。以格律严谨著称的抒情诗体对亚洲诗人而言永远都是舶来品。从您的十四行诗群来看，采用的大都是由两节四行诗和两节三行诗组成的形式，这应该是彼特拉克体（F.Petrarch，1304—1374）的十四行，而不是以由三节四行和两行对句组成的莎士比亚体。但由于日语存在难以在韵脚上与十四行诗的要求达成一致的局限性，日语诗的十四行不得不放弃格律和韵脚，成了日本式的自由十四行。战前的福永武彦、立原道造等，战后的中村稔等诗人都有过此类诗的写作。诗人、批评家大冈信在为这本诗集的第62首撰写的解读文中称，无论是数量还是质量上您都有着惊人的成果，他还把您的十四行作品群比喻成"世界或者宇宙是保护和包容万物的庞大母胎，是将'世界''我''人类'介于同一化的幸福过程简洁地构图化的青春赞美和青春遗言"。《旅》这本诗集分《旅》《鸟羽》和《anonym》三个部分，我所掌握的资料中，这本诗集的论客似乎更多，吉增刚造、北川透、安水稔和、三浦雅士、法国图卢兹第二大学的（Yves-Marie Allioux）教授等都给予了很高评价，连小说家大江健三郎也曾在他的评论集《小说的方法》及小说里论述和引用过《鸟羽》里的诗句。《鸟羽》这组诗的写作时间应该是在1967年您结束了国内旅行回到东京的四月以后，因为我曾询问过这组诗的写作背景，您的回答是，把偕全家去三重县东部志摩半岛的鸟羽市旅行时的印象带回东京，在家完成了这组诗的写作。《旅》出版于1968年11月，在时间上完全吻合。请问，您当时写下大量的十四行诗的动机是什么？这些系列的十四行诗群的写作难道是您与青春的告别？

谷川： 记得组诗《鸟羽》写于1966年到1967年我第一次在欧洲旅行八个月之前；《旅》是以旅行体验为素材写下的；组诗

《anonym》的写作则在其后。就是说诗集《旅》是把长时间写下的作品归为一起，在 1968 年出版的。至于我选择十四行这种形式的动机，可以说是当时我的内心需要一种什么形式——即诗歌容器的缘故吧。我虽然写了很长时间的自由现代诗，但"自由"也有不好对付的一面。进行诗歌写作时，为自己定下暂时的形式能让自己写得更顺利。这也许是我个人的审美意识。还有，在我写作十四行诗时脑子里并没有与自己"青春的告别"这样的念头。因为我是一个为脱离青春这一人生阶段而感到高兴的人。

田： 我在一本日文版与中国文学有关的教科书里偶然发现过令尊与周作人、岛崎藤村、志贺直哉、菊池宽、佐藤春夫等人的合影照，后来也听您谈到过令尊与周作人、郁达夫等中国文人交往的逸事，而且令尊生前酷爱中国文化，在第二次世界大战之前数次访问过中国，并收藏了许多中国古代文物，尤其是唐宋陶瓷和古币等，不知您是否间接地受到过这方面的影响？我在翻译中发现，您的诗里多次出现的"陶俑"这个意象，读后总觉得它是令尊收藏的那些中国古代"陶俑"的形象。这一点在您为第二本汉语版《谷川俊太郎诗选》撰写的《致中国读者》前言里有所言及，即您是从令尊在战前从中国购买来的微笑的宋代彩瓷娃娃感受中国的。中日在世界上是很有趣的两个国家，虽文化同源，又共同使用着汉字，但使用的语言在发音和词序以及语法等方面却完全不同，公元 804 年赴大唐长安留学的弘法大师把汉字和佛教带回了日本，他在《文镜秘府论》等著作中，对中国语文学和音韵学都有精辟记载。之后，《论语》、唐诗和大量的历史文献被大批的遣唐使带回日本。直到明治维新，可以说汉文化一直在绝对地支配着日本。明治维新前，精通汉文始终是贵族阶级的一个标志，老一辈作家、诗人中像夏目漱石、森鸥外、北原白秋等都写有一手漂亮的汉诗，可见汉文化对日本作家不仅影响至深，而且已化作了他们的血肉和灵魂。可是，由于维新之后的日本打开了封锁千年的国门，随着大量的欧美文化的涌入，汉文化已渐渐失去了昔日的光华。对于您及更多在战后成长起来的诗人来说，汉文化已不再是主要的写作资源，那么，您写作的主要资源是来自本土还是域外？

谷川：　我父亲因为喜欢古董，收藏过一些唐代陶俑，尽管没有古币，但收藏过殷、周时代的玉。我诗歌中出现的"陶俑"不是出自中国，而是来自日本古代。现在手头上虽说没有这些陶俑了，但父亲生前收藏过的那些"陶俑"造型在不同方面给予过我影响。另外，因为我还属于是在中学学习汉文的一代人，所以，尽管发音不同，但中国古诗已经成为我的血肉。我想，汉语语境与日语语境齐驱并进，在内心深处形成了我的精神。既然日语的平假名和片假名脱胎于汉语，既然我们如今仍然将汉字作为重要的表记方式，并还在用汉字表达许多抽象概念，那么中国文化乃日本文化的根源之一这种事实便谁也无法否认。

田： 诗歌的定义自古有之，我想每个诗人心目中对诗歌都有一个
属于自己的概念。柏拉图曾把诗定义为"诗是天才恰遇灵机精
神恍惚时的吐属，是心灵不朽之声，是良心之声"。白居易则
在《与元九书》里称："诗者，根情、苗言、华声、实义。"
庞德把诗歌说成是"半人半马的怪物"。郭沫若干脆把诗歌的
概念公式化："诗＝直觉＋情调＋想象＋适当的文字"等等。
如果用一段话来概括诗歌的话，您对诗歌的定义是什么呢？

谷川： 正因为对用简单的语言来定义诗歌不感兴趣，我才用各种方法
创作了诗歌。不是用简单的语言，而是通过编辑具体作品（主
要的对象是针对青少年）的诗选集《诗为何物》来尝试回答诗
究竟为何物——即让诗歌自身来回答诗歌是什么。

田： 我总觉着一个诗人童年的生长环境和成长经验非常重要，会影
响到他以后的创作。从您的随笔和创作年谱不难得知，童年的
夏天您几乎是在父亲的别墅——周围有火山和湖泊的北轻井泽
的森林里度过的。而且即使在东京杉并区的宅第，那也是被绿
树和花草簇拥着的一片空间。您曾在随笔《树与诗》里谈到过，
单是诗集《62首十四行诗》里，与树木有关的作品就有16首
之多，您笔下的树木没有具体的名称，而是作为"一种观念的
树木"而存在的。在这篇随笔里，您"觉得人类比树木更卑劣
地生存着"。于是，对于您，"树木的存在是永远持续着的一个
启示"。我理解您对树木抱有的敬畏感。二十世纪七十、八十、

九十年代，您还有过不少直接抒写树木的诗篇，大概有七八首之多吧，它们给我的印象大都是枝叶繁茂，有着顽强生命力和不畏惧强风暴雨的树木。有时从树木中反映人性，有时又从人类的生命中衬托出树木的本质。诗题有时使用汉字，有时使用平假名和片假名。这种对树木的钟爱一直未泯的创作激情我想与您童年的成长背景密切相关。记得二十一世纪初在北京大学召开的《谷川俊太郎诗选》的首发式上，诗人西川在发言中曾谈到您的诗有一种"植物的味道"。他的嗅觉和敏感引起了我的注意。过后，我又翻看了一遍诗选，发现与树木有关的诗篇真的占了不少的比例，这是一个偶然的实例。这里，想请您回答的是，童年作为一个永恒的过去，它究竟意味着什么？

谷川： 对于我来说，树木的意义超出了语言，它们可以说是作为超越了人们所想到的意义的"真"和"美"而存在的。我并不在意将其归纳为散文的形式。每天的生活中，我因为树木的存在而受到慰藉和鼓励，至于用诗歌的形式表现树木则属于次要。

田： 青春对于任何人都是宝贵的，它的宝贵在于其短暂。您第一次的婚姻生活始于 1954 年，结束于 1955 年，总共还不到一年时间。您这段短暂的情感经历我个人觉得在您五十年代末和六十年代初的作品里上打上了一定的烙印。之后，您又经历了两次婚变，三起三落的婚姻失败是否跟您的诗人身份有关呢？

谷川： 三次离婚各有其因。如果字句确切地将其语言化，理由当然在作为当事者的我这里。理由的一端不消说与我的人性有关。在此也无法否认，这也与我作为诗人的"身份"（这是个非常有趣的表达）有关。这些是我一生永远思考的问题。

田： 在您创作的近两千首诗歌作品中，请您列举出十首最能代表您创作水平的作品。

谷川： 我不太理解代表"自己水平"这种说法，在此只举出我能一下子想到的吧：《二十亿光年的孤独》《62 首十四行诗》中的第62 首《河童》《对苹果的执着》《草坪》《何处》《去卖母亲》《黄昏》《再见》《父亲的死》《看什么都想起女阴》等。

田： 在您出版的五十余部诗集里，您最满意的是哪些？您觉得哪几部诗集在您的创作风格上的变化较为明显？

谷川： 我虽然自我肯定，但并不自我满足。变化较为明显的应该是《语言游戏之歌》《定义》《日语目录》《无聊的诗》《裸体》等。

田： 您从年轻时代就写下了不少很有分量的散文体诗论，除出版有评论集《以语言为中心》外，还与批评家、诗人大冈信合著有《诗的诞生》《批评的生理》《在诗和世界之间》等理论和对话集，对现代诗直面的诗与语言、诗与传统、诗与批评、诗与思想以及诗歌翻译等问题都有涉及，这些深入诗歌本质的理论集在日本战后现代诗坛产生了很大影响，可以说是具有划时代意义的。在这几部书中，您对现代诗独到的见解令人折服。尽管如此，您虽然跟那些"理论空白"的诗人不同，但我觉得还是没有写出系统性的诗歌理论，这是否跟您所说的不擅长写长文章有关呢？

谷川： 虽说跟我不擅长写长文章有关，但更重要的是我对系统性的理论毫无兴趣。与其说去写理论，不如说我更想创作诗篇。这是我一贯的愿望。

田： 跨文本写作的诗人小说家古今中外皆有，荷尔德林、哈代、帕斯捷尔纳克、里尔克、博尔赫斯、卡佛等。若单说日本，首先我们会想到战前的岛崎藤村，以及战后的清冈卓行、富冈多惠子、高桥睦郎、松浦寿辉、小池昌代、平田俊子等。他们都是最初作为诗人出发，之后开始了小说创作，而且成就斐然。您年轻时尽管说过自己不写小说，实际上，您也写过一些中短篇。最为典型的是跟小说家高桥源一郎、平田俊子合著的《活着的日语》。这本书由你们仨每人创作的一首诗、一个剧本和一个短篇构成，既新鲜，又有趣。在此，我想问您的是，不写小说是对自己的记忆力没有信心呢？还是诗歌更适合表达自己的生存经验？

谷川： 刚才我已经回答我缺乏历史感，而且不擅长以"物语"的形式
活着。在我看来，小说是讲故事的，故事属于历史的艺术，而
诗歌则属于瞬间的艺术。就是说诗歌不是沿着时间展开的，而
是把时间切成圆片。也许这种说法并不适合世界上所有的现
代诗，而只适合于拥有俳句和短歌传统、至今仍深藏"物哀"
情结的日语诗歌，但至少我是写不出叙事诗的，而且，不是我
选择不写小说，而是我从生理上说写不了。

田： 我一直顽固地认为真正的现代诗歌语言不是喧哗，而是沉默。
在此我油然想起您年轻时写的随笔《沉默的周围》，"先是沉默，
之后语言不期而遇"。我相信灵感型写作的诗人都会赞同这
句话。"沉默"在您的初期作品中是频繁登场的一个词语。
正如诗人佐佐木干郎所指出的："在意识到巨大的沉默时，诗
仿佛用语言测试周围"，这种尖锐的解读让人深铭肺腑。现代
诗和沉默看起来既像母子关系，又仿佛毫无干系。您认为现
代诗沉默的本质是什么?

谷川： 沉默的本质可说是与信息、饶舌泛滥的这个喧嚣的时代相抗衡
的、沉静且微妙的、经过洗练的一种力量。我想，无论在任何
时代，沉默，都是即使远离语言也有可能存在的广义上的诗意
之源。也许亦可将之喻为禅宗中的"无"之境地。语言属于人
类，而沉默则属于宇宙。沉默中蕴含着无限的力量。

田： 我曾把您和与您同年出生的大冈信称为日本战后诗坛的一对"孪生兄弟"。回顾一下半个多世纪的日本战后现代诗坛，毫不夸张地说，几乎是你们俩在推动着二十世纪五十至八十年代日本现代诗的发展。而且，某种意义上说，是你们俩的作品，让世界广泛接纳了日本现代诗。您是怎么看待我所说的"孪生兄弟"呢？

谷川： 诗坛是一个假想的概念，实际上每个诗人都是独立存在的。我想我与大冈信有许多共同点，但是我们完全相异的地方也不少。说我们是"孪生兄弟"可能有点牵强附会，以前我们俩并没有"推动诗坛发展"那样的政治构想，将来也不会有。我想这一点就是我们的共通之处吧。

田： 数年前，关于您1980年出版的诗集《可口可乐教程》，我曾向被称为是日本现代诗"活着的历史"的思潮社社长小田久郎征询过意见，如我所料，他给予了很高评价。之后又看到北川透在他的新著《谷川俊太郎的诗世界》中盛赞这是"最优秀的诗集"。当然，还有不少学者发表和出版的学术论文。这本诗集确实是以与众不同的写法创作的，我觉得这本诗集发出了日本现代诗坛从未发出过的"声音"，也是您典型的具有尝试性的超现实主义写作。这本诗集跟您其他语言平易的诗歌作品相比，简直难以让人相信是出自同一诗人之手。在我看来，这仍是您一贯追求"变化"的结果。您自己是否认为这本诗集已经抵达了变化的顶点?

谷川: 变化是相对的，也没有所谓顶点之类的东西。在写作上，我是很容易喜新厌旧的人，喜欢尝试各种不同的写法，《可口可乐教程》只不过是其中之一。

田: 发表于 1991 年 3 月号的《鸽子哟! 》文艺杂志中的"给谷川俊太郎的 93 个提问"里，有一个把自己比喻为何种动物的提问，您的回答十分精彩，说自己是"吃纸的羊"。我想这也许跟您的写作以及您本身出生于羊年有关吧。在此，我想知道的是: 您是在陡峭的岩石上活蹦乱跳的羊，还是在一望无垠的草原上温顺吃草的羊? 理由又是什么?

谷川: 我觉得两者都是，因为温顺和活泼都是我的属性。

田: 音乐和诗歌的关系若用一句很诗意的话来表达，您的一句话是什么? 点到为止也可。再者，作为一个现代诗写作者，您认为优秀诗歌的标准是什么?

谷川: 音乐和诗歌，可说是……同母异父的两个孩子吧。我只能说优秀现代诗的标准在于它让我读了或听过后，是否让我觉得它有趣。

田： 在我有限的阅读中，我觉得日本现代诗的整体印象是较为封闭的，而且想象力趋于贫困。其实这句话也可以套在中国当下的现代诗上。沉溺和拘泥于"小我"的写法比比皆是，再不就是仅仅停留在对身体器官和日常经验以及狭隘的个人恩怨的陈述，琐碎、浅薄、乏味、缺乏暗示和文本的力度。一首诗在思想情感上没有对文本经验的展开是很难给人以开放感的，而且也很难带给人感动。当然这跟一位诗人的世界观、语言感觉等综合能力有直接关系。您认为诗人必须做出何种努力才可以突破现代诗的封闭状态？

谷川： 努力去发现自己心灵深处的他者。

田： 意大利诗人好像说过翻译是对诗歌的背叛，我亦有同感。严格说，现代诗的翻译是近乎不可能的。在我看来，在把一首现代诗翻译成另一种语言的同时，就已经构成了误译。理由是诗歌原文中的节奏、语感、韵律和只有读原文才能感受到的那种艺术气氛都丧失殆尽。生硬的直译，或者一味的教条式的译法也是不足取的。这也是我始终强调的现代诗的译者必须在翻译过程中保持一定的灵活性的原因之所在，在忠于原著的前提下，同时在不犯忌和僭越原文文本意义的范围内，凭借自己的翻译伦理和价值判断来进行翻译是十分重要的。我个人一贯认为，把一首外国现代诗翻译成自己的母语时，准确的语言置换尽管重要，但更重要的是必须让它在自己的母语中作为一首完美的现代诗成立。中国的翻译界，至今好像仍约定俗成地墨守着"神、形、韵"这样的诗歌翻译理念，还有傅雷的"神似说"和钱钟书的"化境说"等，这固然不错，但却很少有人强调在翻译过程中注入一些灵活性。"神"就是栩栩如生；"形"即形式；"韵"则是韵律和节奏。在一首诗的翻译中，天衣无缝地做到这三个要素也并非易事。在此想问您的是，在日本的翻译界，您认为谁是最优秀的现代诗译者？

谷川：　普列维尔的译者小笠原丰树、现代希腊诗的译者中井久夫，若不限于现代诗，我认为，翻译莎士比亚十四行诗的吉田健一也包括其中。

田：　"只有诗人才是母语的宠儿"，这是我最近写下的一句话。对于诗人而言，母语毋庸置疑是最具有决定性的。当然也有以母语以外的语言进行创作的作家和诗人，但是以第二语言创作的作品大体上没受到好评亦属事实。45 岁移居法国的昆德拉以法文创作的小说《慢》和《身份》好像也不太受人瞩目。西胁顺三郎也曾用英语写诗，但是那些英文诗并不如他的日文诗那样备受好评。里尔克和布罗茨基也如此。甚至通晓几种语言的策兰也曾这么说过："诗人只有用母语才能说出真理，用外语都是在撒谎。"还有刚过世的、在苏联长大曾做过苏联前总统叶利钦翻译的随笔作家米原万里叶表示："外语学得再好，也不会超过母语。"策兰流露出了他对诗人冒犯母语行为所持的否定态度。最近我也在用日语写作，但常常感受到深陷于日语和母语之间的"对峙"之中，那种"冲撞"和"水火不容"的感觉有时候十分强烈，真切体会到诗人终究无法超越母语这一事实。您通晓英语，是否也想过用英语写作呢？

谷川：我虽然从没想过用日语以外的语言去进行诗歌写作，但对视母语为绝对的母语主义者也持有怀疑态度。我们不可轻视利比英雄、多和田叶子、亚瑟·比纳多等人为何不以母语写作的理由。

田：　如果让您把自己比喻为草原、沙漠、河流、大海、荒原、森林或天空，您认为自己是什么？为什么呢？

谷川：打个比方说，一切都存在于我自身之中。

田：　请告诉我您对外星人持有何种印象？如果能够宇宙旅行，您想去哪个星球看看？或者想在哪个星球上居住？

谷川：因为我觉得地球以外的生物有可能是以多种形态存在的，所以无法归纳为一种印象。还有，我也没有想到去宇宙旅行的心情。

田：　我总觉得您创作的源泉之一来自女性。在您半个多世纪创作的数十部诗集中，与女性有关的作品为数不少。单是诗集就有

1991 年出版的《致女人》和 1996 年的《温柔不是爱》。综观您的初期作品，有 1955 年的《关于爱》、1960 年的《绘本》、1962 年的《给你》、1984 年的《信》和《日语教程》、1988 年的《忧郁顺流而下》、1991 年的《关于赠诗》、1995 年的《与其说纯白》等诗集中都有与女性有关的作品。其中《缓慢的视线》和《我的女性论》这两首诗给我留下深刻印象。诗中的登场者有母亲、妻子、女儿、恋人、少女等。这样看来，也许可以说女性是贯穿您作品主题的元素之一。以前，我曾半开玩笑问过您："名誉、权力、金钱、女人、诗歌"当中，对您最重要的是什么？您的回答，让我深感意外。因为您选择的第一和第二都是"女人"，之后的第三才是"诗歌"。在此，我要重新问您，"女性"对于您是什么样的存在？是否没有了女性就无法活下去？您这么看重女性，能否告诉我您现在沦为"独身老人"的心境？

谷川： 女性对我来说是生命的源泉，是给予我生存力量的自然的一部分，而且也是我最不好对付的他者。我凭依女性而不断地发现自我，更新自我。没有女性的生活于我是无法想象的。但我不认为婚姻制度中与女性一起生活下去是唯一的选择。也许正因为我重视女性，才选择做独身老人吧。

田： 世界上伟大诗人当中创作长诗的为数不少，您至今创作的作品中，最长的诗歌大概有五百多行吧。在我有限的阅读中，有鲇川信夫未完成的《美国》、入泽康夫的《我的出云 我的镇魂》、辻井乔的《海神三部曲》、野村喜和夫的《街上一件衣服下面的彩虹是蛇》等长诗，您为何没创作长诗？是写不出？还是出于别的原因？

谷川： 也许跟我认为日语基本上不适用来写长诗有关，实际上也可能跟我不擅长叙述故事更适合诗歌写作的倾向有关。有人说"诗集不但易读而且须耐读"，我赞成这种说法。

田： 从您的整体作品来看，围绕生存这一主题的作品颇多。您在日本读者所熟悉的《给世界》一文里写道："对我而言最根本的问题是活着与语言的关系。"这确实是现代诗所不得不面对的难题，正像不少诗人无法从日常经验成功地转换到文本经验一样，过于倾向日常，很可能无法超越生活本身；反之，又会容易沦落为知识先行的精英主义写作。您能否具体阐释一下"活着与语言的关系"？

谷川： 在日常生活中，对家人和朋友说的语言和作为诗歌写出的语言的根源是相同的，但在表现上不得不把它们区分开来。现实生活中的语言尽可能表现出真实，我认为诗的语言基本上是虚构的。一首诗里的第一人称，不一定指的就是作者本人。虽然如此，我们也不能说作者完全没把自己投射到作品当中。作者的人性隐藏在诗歌的"文体"之中。"文体"是一个很难被定义的词，它不仅包含着语言的意义，也将形象、音调、色彩、作者对语言的态度等所有的要素都融为一体。在现实生活里，人与人的交流不只是特定的伙伴之间的语言，他们的动作、表情等非语言的东西也是非常具体地进行着的。至于化为文字、化为声音的诗，是一个作者与不特定的读者或听众之间更为抽象的交流。可是，作者本身的现实人际关系也投影到他下意识的领域。虽然"活着与语言的关系"在诗歌里极为复杂，可是，作者无法完全意识到它的复杂性。因为让诗歌诞生的不只是理性。这样想来，对文体进行探究进而牵连到作者这样的分析，其范围有限是理所当然的事。我想，可以这么说，以不完整的语言把无法完全被语言化的生之全部展示出来的就是诗歌。

田：　在您的全部创作中，《语言游戏之歌》系列是不可忽视的存在。您本人也曾写过："为探索并领悟到隐藏于日语音韵里的魅力而感到自负。"能够写出这一系列作品，我想大概是因为日语中包含有平假名、片假名、汉字和罗马字这四种表记文字——即日语文字有表记上的便利性。从肯定的角度想，这些作品拓宽了日本现代诗的表现空间，或许正因为此，使这类作品拥有了不同年龄层的读者，这一创举可以说对日本现代诗做出了莫大的贡献。我想，这也许跟您"意识着读者去写作"的创作理念有关。可是，若从否定的角度看，您主张的"不重意义，只重韵律"的创作立场，是一种诗歌写作的"犯规"，或者说是分

Shuntarou Tanikawa

裂语言与意义的行为。因为一首意义空白的诗歌，用再美丽的辞藻和语句也都是徒劳的，因为它是一个无内涵的艺术空壳。况且，您的这类作品因为"只重韵律"可以说完全无法被翻译成别的语言。关于这一点，您有何看法？

谷川：《语言游戏之歌》只不过是我创作的各种不同形式的诗歌作品之一。在尝试写这些作品时，我所思考的主要是探索日语现代诗音韵复活的可能性，结果便产生了看似无聊的顺口溜、诙谐的童谣这类作品，有趣的是，反而是这类作品让我获得了更多的读者。但同时，我也知道了这类作品很明显在主题上存在有一定的局限性。因此，它无法开创现代诗崭新的可能性。所以，若以现代诗的价值标准来审视《语言游戏之歌》是有些难度的。可是我并不在乎，对以日语为母语的我而言，"无法被翻译"并非什么不光彩的事情，因为我也写了许多其他可以被翻译的诗歌作品。

田：自然性、洗练、隐喻、抒情、韵律、直喻、晦涩、叙事性、节奏、感性、直觉、比喻、思想、想象力、象征、技术、暗示、无意识、文字、纯粹、力度、理性、透明、意识、讽刺、知识、哲学、逻辑、神秘性、平衡、对照、抽象这些词语当中，请您依次选出对现代诗最为重要的五个词语。

谷川：我想应该是无意识、直觉、意识、技术、平衡吧。但我不认为

Shuntarou Tanikawa

回答这样的问题会管用。

田：　迄今为止，您参加过无数次的"连诗"创作活动。这一活动始于大
冈信，四五位诗人聚到一起，有事先命题的也有自由随意的。"连
诗"一般以十行以内的短诗为限，第一首写出来后，接下来的
诗人必须承继上一首中的一个词，然后在意义的表现上重新
展开。是一种带有娱乐性的创作活动。这种"连诗"活动对平
时交流不多的日本现代诗人而言，是一个有趣和值得尝试的交
流。可是，我觉得这种活动对诗歌写作并没有太大的意义，之
所以这么说，是因为我觉得现代诗写作与集体行为无缘。对此
您有什么想法？

谷川：　诗歌是一个人写的，这个原则不会改变。可是，脱离与他者
的联系，跟语言所持有的本质是矛盾的。大冈信的名著的书
名——《宴会与孤心》可谓一语中的。另外，对我来说"连诗"
不单单停留在它所带来的乐趣上，它也有助于激发我的创作。
举个例子，我自己比较偏爱的《去卖母亲》一诗，如果不是因
为有"连诗"的伙伴、诗人正津勉的存在，恐怕我也是写不出
的。从他者得到的刺激会唤起意想不到的诗情。

田：　您是怎么处理现代诗的抒情和叙述、口语化和通俗化的？

谷川：　我想在自己的内心拥有这一切。

田： 贝多芬是音乐天才，毕加索是绘画天才，若说您是现代诗的天才，您会如何回答？

谷川： 若是恋人那么说，我会把它看作是闺房私话而感到开心；若是媒体那么说，我觉得自己被贴上了标签，会感到不快；若是批评家那么说，我就想对他们说：请给予我更热情的评论！

田： 您在第二本汉语版《谷川俊太郎诗选》的《致中国读者》序文中写道："……我从 17 岁开始写诗，已经有半个多世纪了，但是，时至今日，我仍然每每要为写下诗的第一行而束手无策。我常常不知道诗歌该如何开始，于是就什么也不去思考地让自己空空如也，然后直愣愣地静候缪斯的驾临。"这段话让我再一次确认您是"灵感型诗人"。实际上，具有普遍价值意义的诗人几乎都出自这种类型。那么，我想问的是：灵感对于诗人为什么重要？

谷川： 因为灵感在超越了理性的地方把诗人与世界、人类和宇宙连接在了一起。

田： 中国和日本都常常举办一些诗歌朗诵活动，我也参加过不少。但我总觉得现代诗更多的时候是在拒绝着朗诵，其理由之一，我想应该跟诗歌忌讳声音破坏它的神秘感有关。尽管相对而言有时候说不定诗歌也渴望着被阅读吟诵。1996 年，您曾透露想远离现代诗坛的心境，从此便开始积极地进行诗歌朗诵活动。当然，并非您所有的作品都适合朗诵，基本上诗歌是从口传开始的，或者说它最初是从人类的嘴唇诞生的。这么看来，所有的现代诗都应该适合朗诵。但是，与重视韵律、音节、押韵、字数对等、对仗的古诗相比，现代诗几乎都不注重外在的节奏和韵律，通常都是顺其自然的内在节奏。按照博尔赫斯的说法，必须在诗歌内部具备"听觉要素与无法估量的要素即各个单词的氛围"。我觉得这跟诗歌朗诵有关。您认为诗歌朗诵活动是否能够解救现代诗所面临的读者越来越少的困境？为什么？

谷川： 我想朗诵活动也许无法解救现代诗的困境。文字媒体和声音媒体是互补的。若没有好的诗歌文本，朗诵就会演变成浅薄无聊的语言娱乐游戏。至于那究竟是不是诗歌并不再成为问题了。只是，现代诗的"困境"，不仅存在于写不出好诗这个层面，我们也能够从这个时代所谓的全球化文明的状态上找到相关理由。诗与非诗之间的界限日益暧昧，日渐浅薄的诗歌充斥着大街小巷。我们难以避免诗的"流行化"，即使是人数再少，我们也需要有与之抗衡去追求诗歌理想的诗人。

图书在版编目（CIP）数据

谷川的诗：谷川俊太郎诗歌总集 /（日）谷川俊太郎著；田原编译. —— 南京：江苏凤凰文艺出版社，2021.5（2023.4重印）
ISBN 978-7-5594-5064-7

Ⅰ．①谷… Ⅱ．①谷… ②田… Ⅲ．①诗集 – 日本 – 现代 Ⅳ．①I313.25

中国版本图书馆CIP数据核字(2020)第148343号

谷川的诗：谷川俊太郎诗歌总集

[日] 谷川俊太郎 著 田原 编译

责任编辑	李龙姣
策划编辑	刘 平 何丽娜
装帧设计	私制设计
出版发行	江苏凤凰文艺出版社
	南京市中央路 165 号，邮编：210009
网 址	http://www.jswenyi.com
印 刷	北京盛通印刷股份有限公司
开 本	787 毫米 × 1092 毫米 1/32
印 张	20.5
字 数	200 千字
版 次	2021 年 5 月第 1 版
印 次	2023 年 4 月第 5 次印刷
书 号	ISBN 978-7-5594-5064-7
定 价	88.00 元

江苏凤凰文艺版图书凡印刷、装订错误，可向出版社调换，联系电话025-83280257